全民微阅读系列

白开水

桃 子 著

百花洲文艺出版社
BAIHUAZHOU LITERATURE AND ART PRESS

图书在版编目（CIP）数据

白开水 / 桃子著 . — 南昌：百花洲文艺出版社，
2019.6

ISBN 978-7-5500-3271-2

Ⅰ.①白… Ⅱ.①桃… Ⅲ.①小小说—小说集—中国
—当代 Ⅳ.① I247.82

中国版本图书馆 CIP 数据核字（2019）第 100049 号

白开水
BAI KAI SHUI

桃子 著

总 策 划	伍　英	
策划编辑	飞　鸟	
责任编辑	叶　姗	
封面设计	辰麦通太设计部	
出版发行	百花洲文艺出版社	
社　　址	南昌市红谷滩新区世贸路 898 号博能中心 A 座 20 楼	
邮政编码	330038	
经　　销	全国新华书店	
印　　刷	永清县晔盛亚胶印有限公司	
开　　本	710mm×1000mm　1/16	
印　　张	14	
版　　次	2020 年 9 月第 1 版　2020 年 9 月第 1 次印刷	
字　　数	227 千字	
书　　号	ISBN 978-7-5500-3271-2	
定　　价	58.00 元	

赣版权登字 05-2019-124

邮购联系 0791-86895108
网址 http://www.bhzwy.com
图书若有印装错误，影响阅读，可向承印厂联系调换。

文化自信从读写开始

杨晓敏

近年来，随着互联网技术的不断推广升级，现代信息技术已充斥各行各业。微博、微信、微小说、微电影，各类"微"产品，以网络阅读、手机阅读、电子器阅读、光盘阅读的形式，进入大众视野，但这种碎片化、快餐式的电子阅读，仅仅可以作为传统阅读的一种有效补充与辅助，却不能完全代替传统阅读。

我国经济建设的腾飞，带动并刺激着文化事业的极大进步，而文化软实力的增长，又为经济跨越式发展提供着强势的智力资本的支持。正是这种强有力的智力资本支持，慢慢建立起我们的民族文化自信。

学习的基本途径就是阅读。一个人的阅读力量，决定个人学习的力量、思考的力量、实践的力量；所有人的阅读力量，决定一个民族文化的力量、精神的力量、创新的力量。伟大的中华民族复兴之梦，要靠全国人民共同来缔造实现。提高全民素质，提升全民文化自信，繁荣民族文化，从阅读开始。

为了提高全民素质，建设书香社会，政府正采取一系列有效举措，营造阅读环境，倡导全民阅读。譬如开展"读书日""读书月"活动，一些省市地区通过整合全民阅读资源，打造了一批有广泛影响力的全民阅读"书香"品牌，还有些地区成立"农家书屋"，送书下乡，让书香墨香飘进寻常百姓家。

作为近三十年才成长起来的一种新文体，小小说的质朴与单纯，简洁与明朗，加上理性思维与艺术趣味的有机融合及其本色和感知得到、触摸得着的亲和力，散发出让青少年产生浓郁兴趣的魅力。小小说是一种新文体的再造，那些优秀的小小说作品，是智慧的浓缩和凝聚，是一种机巧的提炼和展开。小小说是训练作家的最好学校。小小说贴近生活，紧扣时代脉搏。大千世界，瞬息万变，小小说能以艺术的形式，不断迅速地反映生活热点，传导社会信息，是开启社会生活的一扇窗口。小小说可以培养青少年的想象力，让他们展开飞翔的翅膀。近些年来，大量小小说编入高考作文，入选各类优秀阅读丛书，正为越来越多的年轻读者所喜爱，显示出它强大而茁壮的生命力。

北京辰麦通太图书有限公司提供的"全民微阅读系列"图书，至今已编辑策划两百多册。它以全力助推全民阅读为宗旨，以务实求精的编选作风，为读者精心遴选了大批风格各异的小小说佳作，引领读者步入美好的阅读丛林。

北京辰麦通太图书有限公司有着具有超前市场运作意识的优秀团队，在图书出版过程中，不但追求内容的丰富多彩，在装帧设计方面，也力求超凡脱俗。在众多中国梦新时代文学丛书系列中，它像一朵充满朝气与活力的奇葩，正逐步形成自己恒久的品牌和名牌效应，为提升全民文化自信、实现中华民族伟大复兴，增砖加瓦。

杨晓敏，河南省获嘉县人，生于 1956 年 11 月。河南省作家协会副主席、河南省小小说学会会长。曾任《小小说选刊》《百花园》主编 20 余年，编刊千余期，著述 7 部、编纂图书近 400 卷。

目 录

第一辑　世态万象……………………………………… 1

景点 ……………………………………………………… 2

门 ………………………………………………………… 3

墙 ………………………………………………………… 4

国外寄来的包裹 ………………………………………… 5

竞标 ……………………………………………………… 7

闲泉 ……………………………………………………… 9

遗传 ……………………………………………………… 11

证据不够充分 …………………………………………… 13

鱼刺 ……………………………………………………… 15

红尘 ……………………………………………………… 17

手语 ……………………………………………………… 18

合伙 ……………………………………………………… 19

卧底 ……………………………………………………… 20

头饰风波 ………………………………………………… 21

一地狗毛 ………………………………………………… 23

营生 ……………………………………………………… 25

逃婚 28

打赌 31

阿财 34

敲门 37

抽烟的女孩 40

等 43

藜和小黑 46

农民工的"老娘舅" 49

二分二十六秒 52

选择 54

梦和远方 56

第二辑 人间走笔 59

我是一尾鱼 60

大寒 62

白开水 64

树画歪了 65

灯光 66

阿旺婆喂鸟 67

痴 69

寻 70

再生泉 72

纠错 74

娇娇的心事 75

火鸟 77

情网 78

邀 79

偶遇 …………………………………………………… 80

我要去北京 ……………………………………………… 81

杜老汉的新工作 ………………………………………… 84

干娘 …………………………………………………… 86

守树人 ………………………………………………… 89

一张全家福 ……………………………………………… 91

一念之差 ………………………………………………… 93

女闺蜜 ………………………………………………… 96

人性最美是善良 ………………………………………… 99

同心锁 ………………………………………………… 102

川妹子 ………………………………………………… 105

民间"陪审团" ………………………………………… 108

蝴蝶双飞 ………………………………………………… 111

无边的爱 ………………………………………………… 112

见证神奇 ………………………………………………… 115

播种希望 ………………………………………………… 117

第三辑 百味人生………………………………………… 119

一根牛缰绳 ……………………………………………… 120

一条红丝巾 ……………………………………………… 122

生病 …………………………………………………… 124

女人和花花 ……………………………………………… 125

立冬 …………………………………………………… 126

二毛的死穴 ……………………………………………… 127

蝴蝶效应 ………………………………………………… 128

唐先生 ………………………………………………… 129

三婶 …………………………………………………… 132

土根 ·· 135

另一扇门 ····································· 138

蜘蛛人 ······································· 141

纸人 ·· 144

凤尾花 ······································· 147

一把桃木梳 ··································· 149

婚姻这杯酒 ··································· 151

辞官 ·· 153

退居二线 ····································· 155

初尝甜头 ····································· 157

思变 ·· 160

谋略 ·· 162

守护土地 ····································· 165

第四辑　黑白维度 ························· **167**

玄机 ·· 168

第三只眼 ····································· 170

安娜的眼泪 ··································· 171

龙的传人 ····································· 173

突变 ·· 174

假夫妻真生活 ································ 176

纸窗户 ······································· 179

笔记本的秘密 ································ 182

五味杂陈 ····································· 185

思变 ·· 187

家的味道 ····································· 189

秘密 ·· 190

小伙伴 …………………………………………………… 192

密谋 ………………………………………………………… 194

看电影 …………………………………………………… 196

童年阴影 ………………………………………………… 198

懵懂的岁月 ……………………………………………… 200

拍照片 …………………………………………………… 202

照片去哪了 ……………………………………………… 205

第五辑　名家评论………………………………………… 207

桃子小小说印象 ………………………………………… 208

每一朵鲜花都是不一样的 …………………………… 210

饱满的细节和饱满的情感——读桃子闪小说 ………213

第一辑　世态万象

大千世界无奇不有，或者说，林子大了什么鸟都有。世俗、伦理、暗藏的规则无时无刻不在左右着现实中的人和事。我们往往能听到，人性的光辉和其劣根性在同一个躯壳里的厮杀声。借文字这把剔骨刀，刺破种种暗藏的规则，穿透人性中贪婪和丑陋的一面，让心灵接受太阳的洗礼。

景　点

老宋家的祖坟，从下了死命令必须迁走，到神奇般地变成景点"宋园"，让人啼笑皆非。

冬至一天天逼近，在灵山村，有两个人都得了失眠症。

一个是村民老宋头，一个是村主任唐大宝。

老宋家的后山坡上，因为睡着他的爸爸、爷爷、爷爷的爷爷，划分自留山的时候，山坡就自然地姓了宋。

这片山坡在新开发的高尔夫球场内，已成绿茵上的孤岛。唐大宝接到的死命令是，不管他采用什么办法，冬至那天必须让老宋头把祖坟给迁了，这里要建主会所，是球场的主要景观。

各等人物在老宋头家进进出出，有说他大儿子的家具公司有偷税漏税之嫌，环保不达标将被关闭的；有说做公职的二儿子有腐败问题，追究不追究全凭他的态度的。可是老宋头还是死扛着不松口。

大儿子打来电话，说公司的水电被切断了。

二儿子打来电话，说上级领导又郑重地找他谈话了。

老宋头还是没松口。他在等，他有一个守了大半辈子的秘密，他在等女儿的消息。

冬至的前一天，在国外读书的女儿终于来消息说，要找的人找到了。

同一天，急得上火牙疼的唐大宝也接到指令，山坡上的这片坟地需要保留下来，它是灵山村的新景点。

各等人物又频繁地进出老宋家。不久，在一片绿茵中，新景点"宋园"落成。

门

钱局长得了抑郁症，有一扇黑漆漆的门洞把他吸了进去。

钱局长被安排退到二线。从局长室里搬出来的那天，那张驴脸几乎拉长了一寸。

他不能接受的是，接替他位置的人，是班子里唯一没有给他送过礼，还恰恰住在他家楼下的那个人。

他谋这个局长的位置，可谓辛苦，在前任面前鞍前马后地隐忍了那么多年。这还没到退居二线的年龄呢，他想不通，认定是楼下那位搞的鬼。人在河边走，哪有不湿鞋？我就不信抓不到你的把柄，他在心里恨恨地说。

那扇门，从此他的目光紧紧盯着那扇门。

没事上楼下楼，在楼道里待会儿，抽根烟，成了他的新嗜好。他睡梦里也常常被开门的吱呀声惊醒，一闭上眼，脑子里全是黑漆漆的门洞。

他不仅自己盯着，还交代老婆一起盯着。

他回家问的第一件事，差不多都是楼下有啥动静。后来，老婆干脆不等他开口问，就主动向他汇报。那扇门让他吃不香睡不着，可大半年盯下来，也没有啥收获。

转眼之间就要过年了，他觉得机会来了。往年这个时候楼道里可热闹了。

他把家门打开一条缝，捕捉楼下的动静，忐忑地期待着。这都什么日子了，怎么还一点儿动静都没有呢？他还真就不信了，夜里蹑手蹑脚地躲在楼道里窥视，还是没什么发现。那扇对收礼紧闭着的门，闹得他整夜整夜地睡不着。

钱局长得了抑郁症，有一扇黑漆漆的门洞把他吸了进去。

墙

一堵墙，两家人的恩怨交织，特殊岁月里的一段往事。

张三和李四是邻居，两家都是式样相同的三间平房，傍山朝南而建。相邻两堵墙，间隔三米，两家一前一后错位二米，在相邻两堵墙的北角，各开了一扇小门，形成一个转角。

张三的老婆八年里一口气生了五个女娃，第六胎总算生了个带把的。张三黝黑，话极少，走路也总是悄无声息地低着头。张三的老婆几乎不下地干农活，长得白白净净柔柔弱弱的。李四家只有他和老母亲两个人，李四长得一团和气样，高高挺挺的，还有一手泥水工的手艺，可三十好几了，还打着光棍，挣的一点钱，都贴补给张三家了，这让他的老母亲，对张三的老婆恨得牙痒痒。

几年前，李四帮张三家用白石灰粉刷了裸露的土墙，给窗户安上了玻璃，同时也在相邻两堵墙之间，用卵石垒起一堵横墙，将两扇小门掩藏起来。李四的母亲拗不过他，但是绝不允许那个女人进家门。两扇小门平常总是锁着的，张三则假装什么都不知道，就这样相安无事了好些年。

平静终究在某天被打破了。一个大城市来的人，来村里领养一个孩子，张三果断地送走了四姑娘，得了一笔对张家来说天文数字般的补偿费。四姑娘长得特别水灵，白皙的皮肤，好看的瓜子脸，长胳膊长腿的，坊间都在议论像极了李四。送走四姑娘的第二天，张三就拆了那堵横墙，钉死了那扇小门。

连接两扇小门的拐角，别扭地裸在太阳底下。李四则抑郁成疾，一病不起，几个月后竟撇下了他的老娘。

李四走后，张三经不住老婆的唠叨，在那堵横墙的位置，搭起了一个葡萄架，若干年以后，那个转角又坦然于绿荫下了。

国外寄来的包裹

　　老师发生了意外，他的学生虽尽力救治，还是落下了失忆的后遗症⋯⋯

　　雨点斜砸在挡风玻璃上咚咚响。

　　马路上车稀人少。阿华终于回到了他日思夜想的南方小镇。

　　昏暗的路灯下，前方一个骑自行车的人摇晃了几下后突然倒地。

　　阿华一个急刹车停在五米之外，能闻到刹车皮的焦臭味。

　　趴在地上的人一动也不动。

　　他打了110报警。他听到了无声的表滴答滴答地响。

　　有两辆车开过，他试图拦车，可惜都没有成功。

　　还是没有听到熟悉的警笛声。

　　有两个合骑一辆电瓶车的人从后面过来，是一男一女。阿华直接正面拦截，这回总算是拦下了。他急切地恳求两个人帮忙，一是证明他的车远在五米之外，二是援手将人送往医院。说实在的，没有证人，阿华不敢上前施救，他明天就得走，没有时间纠缠其中。他悄悄用手机录下一段对话做证词。

　　倒地的人已经不省人事，两个男人合力将趴在地上的人翻过来。阿华大惊失色。原来倒地的是他高中时期的班主任老师。

　　几人合力把老师抱上车，阿华一路按喇叭，直奔医院。

　　阿华用老师的手机给师母打了电话，预付了三千医药费，在家人和警方到达之前悄然离开。

　　老师在奈何桥被拽了回来，虽然捡回一条命，却失忆了。

　　老师曾经像交代自己的孩子一样交代过他们，遇到突发事件，一定要冷静，学会保护好自己。

家属求真相，舆论哗然。公安部门在网上寻求目击证人。这个冒雨送人到医院并缴纳三千块钱的年轻人，被认定是肇事者。

半个月后，交警支队收到一个从国外寄来的包裹，里面是一封信和一部手机。

家乡的南方小镇又恢复了往昔的平静。

竞　标

你能想象得出在工程项目招投标中,有哪些堂而皇之的潜规则?下面一篇小文会让你大跌眼镜。

他斜靠在会议室宽大的沙发上抽雪茄。

自称"五兄弟"的大佬们,年前在这里开一年一次的碰头会。

论年龄,他是最小的。他高个子,板刷头,不近视却喜欢把眼睛藏在镜片后面。

明年的市重点工程花落谁家,将在年底的碰头会上拟定,这几乎成了公开的秘密。

这些重点项目,自然要招投标。这五家建设集团都会竞标,但标书全部由拟定的这家来做,到其他几家盖个章而已。这是多年来,他们遵守的暗藏的规则。

这些项目中,老大自然优先,其他根据各自的实力和优势而定,一般不会有太大的异议,大家都有饭吃嘛。

今天的碰头会却有点不寻常,因为老四想要老大那份,老四的表舅调到了本市,担任了主管城建的副市长。

气氛很微妙,满屋子的烟味,在有限的空间里挤压着,他的一盒雪茄,都抽空了。服务生识趣地退到走廊的另一边。

直到太阳跑到西山,"蛋糕"还没有分好。老四的举动打破了往昔的平衡,欲望的爪子,在每个人的心里挠着。他一边抽着雪茄,一边用眼角的余光,扫视屋里的人。

终于,他宣称退出这个联盟,以后在招标中大家真刀真枪地竞争。

这一招果然厉害,其他几个人呼啦啦地站到他一边,大家心里明白,谁也做不了老大,离开联盟,争得头破血流得来的也是鸡肋,他们早已习惯了在树荫下乘凉。

　　"蛋糕"按规则分了。他瞟了一眼老四，戏称这次聚会，可能是最后的晚餐。

　　几个月后，老四的表舅落马了，听说是调入本市之前就犯了事，被人举报了。

　　联盟换血，里面没有了老四。

闲　泉

　　孤山西泠印社摩崖上的"闲泉"二字，给人无边的遐想。本故事纯属虚构。

　　眼看太阳就要下山了，我们三个人在丛林里也实在是走不动了，可是却一直找不到可以露营的地方。

　　除了鸟儿的嘀哩声，小动物被惊动的窸窣声，四周一片寂静。

　　恐慌在弥漫。突然，一丝有节奏的叮当声传来，我们循声而去。

　　见一片开阔地上，有三间茅庐，四周奇花怒放。屋前有个大水潭，水面约一百平方米，水呈深青色。水潭背靠一石壁，高三丈，从石壁中涌出一泓泉水，跌落湖中，水雾氤氲。一个穿青色布袍的人，站在藤制的脚手架上，正在雕琢石壁上的红字。

　　我看得分明，是篆刻"闲泉"二字，和孤山西泠印社摩崖上的"闲泉"二字，一模一样。

　　居士收留了我们。

　　居士身形飘逸。茅庐里只有一铁锅、一陶罐、一桌二椅一板床，惹眼的是简陋的木制书架上几百册各类奇书。

　　我迫不及待地询问渊源。

　　他说："我原本闲云野鹤般四处游历，见此般幽境，筑茅庐而居，在此地已有十九年了。这泉水四季常温，延绵不绝。一个月前，一位仙人驾临，看了石壁泉眼说，就是这里了，手一挥，石壁上就现出'闲泉'二字的影像。我游孤山时也见过'闲泉'，问缘故，仙人说闲泉是师傅法号，孤山'闲泉'是他大师兄游历时留下的，说完就驾云而去。我急忙先用黑炭描出字样，第二天下山找来油漆和工具，雕琢二字。"

他摊开双手，见他掌上磨出多处老茧和血泡。

如此奇遇，让我们心生敬畏。入夜，明月潜入潭底，湖面泛起圈圈荧光。那石壁上的"闲泉"字样，在月光下更加神秘。

遗 传

你没见过尾部烧炭的汽车吧？还有车顶背个沼气袋的汽车。

"吃饭啦！再不吃饭菜都凉了。"女人朝自己的男人大声喊。

"来了来了。"男人边擦洗爱车边说。

"爸，你也该管管你儿子啦，总这么折腾，这几年赚的一点辛苦钱，都窝在车里了，七年里换了三辆车，这日子还过不过啦。"女人边撤走一些碗筷边埋怨说。

"车是我的小老婆，这点爱好是我爸遗传的。"还没等老爷子开口，男人就嬉笑着进了屋。

"对，我也得了爷爷和爸爸的真传。"刚上小学一年级的志远把自己的爱车举过头顶说。

"看你们这爷儿仨，一个模子印出来的。"

爷儿三个看着走进厨房的女人相视而笑。

老爷子笑眯眯地打起盹来。看那神情，分明是沉浸在他讲过无数遍的故事里了。

一个不到十岁的小男孩，一看到远处扬起了尘土，就飞快地跑到停靠站。汽车刚停稳，男孩便麻利地从站里取炭，加进尾部的大铁炉里。小男孩加好炭就盯着司机看，司机只要点一下头，他就哧溜一下爬上车，站在司机旁看司机开车。稍后，是司机停车，小男孩下车快乐地飞跑回来。司机如果不点头，他只能眼睁睁地看着汽车开走，在车后追着跑。

男孩长成少年。汽车尾部的大铁炉，换成了车顶一个装沼气的大袋子。少年坐车去县城上中学，他暗暗立志要考上大学，将来研制出更先进的汽车。

"要不是那个时候乱，我可能真就成了研究汽车的专家了。"老爷子突然睁开眼，感慨地说。

"我长大了替爷爷完成心愿，造出会飞的汽车。"志远把自己带翅膀的汽车举过头顶，绕着饭桌飞了一圈又一圈。

"看你们三个，一说到车全都像丢了魂一样。"女人的笑骂声淹没在爷儿仁的笑声里。

证据不够充分

爱钻空子的不良商人，终将吞下自酿的苦酒。

她走进一家食店，有人正在吃她喜欢的鱼肉面。

过来点餐的女服务员都没正眼看她。她犹豫了一下没有问价钱，她怕人嘲笑她是土里土气的乡下人，一碗面嘛。

吃罢付款，点餐的女服务员过来收钱。二十九元？一碗面这么贵？她的心被刺了一下，她怪自己进来时没有问价钱。她没说什么，拉开一个旧钱包的拉链，从里面掏出二十九块零钱给服务员，说："正好，你数数。"

"是一百二十九块。"女服务员提高了音量。随即从她还没有拉上拉链的钱包里，抽出一百元晃了晃，一扭屁股走了。

她愣了会，找女服务员论理。女服务员说："就是这个价啊，刚才走的那位也是这个价。这可是太湖里的鱼。"

她气咻咻地走到店门口，停下，又折了回来。

她找收银员开发票。她听说有个什么消费者协会可以投诉。没有发票投诉也没有证据。收银员要她出具消费单。

收钱的女服务员早闪了。她看到几个邻桌的食客还在，拉上两个人到收银台做证明。

收银员说："证据不够充分，必须要收钱的女服务员开单据。"

"店里不是有探头吗？你可以查看啊。"一个帮忙做证的食客指着头顶上的摄像头说。

"摄像头是防小偷的，她又没有失窃报案，就是报了案也没有查看的权利，警察才有查看的权利。"收银员理直气壮地说。

"简直就是抢劫。"她气得没话说，遂气哼哼地再次往外走。

"大姐请留步。"一青年男子叫住了她。

男子亮出了某报社的记者证说："刚才发生的一切我都看到了，也录了音和视频。昨天有人向报社爆料，我是来暗访的。"

她"哇"的一声大哭起来。

鱼 刺

谁在造假？谁在装睡？谁在推波助澜？

"好一朵美丽的茉莉花……"手机铃声响起，肖峰一看来电显示是"李屹"，立即接听。

肖峰和李屹一起长大。那时候李屹的父亲到肖峰老家劳动，肖峰的爸爸是队长，暗地里一直挺照顾他们的。如今的李屹也算是一个人物了。

电话里传来李屹兴奋好听的男中音，说是有个大项目要落户镇上，是高科技投资项目，规划用地300亩，投资方是一家国际投资公司，问他有没有兴趣。

在李屹的安排下，肖峰见到了项目的投资顾问，询问了一些与投资有关的细节。他发现在某些关键问题上，对方闪烁其词。

肖峰没有把疑惑告诉李屹，他不知道这件事和李屹到底有多大的关系。肖峰把疑惑告诉了镇长，镇长是他的远房表哥。

几天后，签约仪式的大幅照片登上了报纸头条，县长、镇长、李屹都在照片里，李屹是项目的牵线人。

肖峰给表哥打电话，表哥说："你傻啊，你以为只有你醒着别人都睡着啦。你别瞎掺和就是了。"

一个月之后，年度总结报告出炉，该项目在十大招商成果中位列第二。

规划用地的村庄一下子热闹起来了，到处都是谈论拆迁的声音。嫁女儿的婚期推迟了，几个老大难光棍，快速娶上了媳妇。

一个月过去了没有动静，两个月过去了没有动静，半年过去了还是没有动静，村民开始骚动不安……该项目拖了一年之后不了了之。

一家建筑公司，因想承建该项目被骗了五百万保证金。肖峰听到这个消息时，背上直冒冷汗。

这件事后，肖峰删去了李屹的电话，更换了手机铃声。肖峰经常出现幻觉，总觉得有一根鱼刺卡在喉咙里。

红 尘

这是红尘里人与人之间信任的话题，夫妻之间的信任，同事之间的信任，上下级之间的信任……

"哥，你刚才这话我有意见，罚酒。"他的一个兄弟，端着酒杯不依不饶。他端起酒杯，又把杯中酒干了。

几个圈内男女朋友一起喝酒，好久没有这么喝酒了，大家兴致很高，他觉得有点挡不住了。

他离开酒桌，到卫生间嘘嘘。恰有电话来，找他有事，正在兴头上的他在卫生间煲起了电话粥。

给他敬酒的兄弟，见他这么久没出来，怕他喝翻了，到卫生间查探，回桌给大家做了一个神秘的手势。

他终于从卫生间出来了，大家一致调侃取笑他，说他躲卫生间跟美眉私聊这么久。

他解释是谁谁谁找他有事。这时，电话又响了，是老婆大人的查岗电话。老婆一上来就问："刚才电话为什么占线那么久？"

他向老婆解释。打开电话的来电显示，打开免提，让哥们给他做证明。

他给第一个人看，第一个说："嫂子，是给李宝宝打电话。"

他给第二个人看，第二个人说："是给李贝贝打电话。"

他给第三个人看，第三个人说："是给李宝贝打电话。"

他给第四个人看，第四个人说："我老花眼，就不看了，留点悬念。"

男人哈哈，女人窃笑。他摇摇头说："你们这帮家伙啊，唯恐天下不乱。"随后冲老婆喊："你爱信不信，现在是二十点三十五分，明天和你上电信局查通话记录去。"

说完，他掐断通话，大喊一声："服务员再开一瓶。"

手　语

　　叶凡困惑，提了两瓶高档酒，找领导的前秘书给他支招儿。

　　叶凡过五关斩六将，成了领导秘书。可是，不管他怎样努力，还是接二连三地惹县长不高兴。

　　叶凡困惑，提了两瓶高档酒，找领导的前秘书给他支招儿。

　　"叶老弟，领导是高人，你去研究一下最近领导参加的几个活动的照片，谜底就在那里。"前秘书一脸神秘地说。

　　叶凡把那些照片找来一一比较，终于发现了一点线索，领导带队参加的活动，拍照时大家手势的摆放都一样，二手顺势叠放在身前，大方得体。不同的是有的左手在上，有的右手在上。对比最近领导的一系列反应，叶凡领悟到，领导右手在上时，表示要大力支持，反之，就按部就班能拖就拖。

　　叶凡发现这个秘密后大喜，每次拍照都特别关注领导的手势，还发现，其他随从们也盯着领导的手，领导怎么摆，他们就怎么放，整齐划一。叶凡做事的分寸自然也就拿捏得当。

　　一日，叶凡被领导叫到办公室，领导语重心长地对他说："小叶啊，你的工作悟性很高，最近的工作顺利了许多。"接着话锋一转，"上个月老城区改造的项目，进展为什么这么慢？人家告状都告到我这里来了。"

　　叶凡一脸诧异，那天拍照，领导明明是左手叠在右手上的啊。

　　领导那天拍照时，恰好右手背上叮了只蚊子。

合　伙

　　拍卖行暗藏的规则，看了令人唏嘘。在暗藏的规则恣意妄为时，真相被肢解了。

　　我去看望一位发小，主要是想看看能不能合作。听说他开了一家有点名气的拍卖行，生意做得风生水起，他曾多次邀我合伙。

　　好多年不见，当我按地址找到他时，第一眼竟没有认出来。板刷头不见了，长发齐肩，下巴一小撮胡子，修理得很精致，和小时候喜欢在泥沙里打滚的他，一下子对不上号。

　　毕竟是光屁股兄弟，发小对我的到来很热情，邀我观摩第二天的拍卖会。我对拍卖行业知之甚少，很好奇，还想看看能否投资合作，就留了下来。

　　他留我在他的办公室喝茶看报，就去了对门会议室。我从他开启的门缝里，看到里面有不少人，从隐约传出来的声音里，听出他们在研究参拍客户的资料。

　　拍卖会场是一个欧式小礼堂，开场前，我入座后排候场。

　　参加拍卖会的客户陆续进来了，有的是熟人，见面彼此打招呼。我眼熟的那几个人也进来了，分散坐在客户座位上。

　　拍卖师不停地吆喝，那几个人也频频地举牌，还拍下了几件作品。

　　参拍的三十几件作品，拍出去一大半，我看见被那几个人拍下的作品，又回到发小手里。

　　发小邀我合伙，我似笑非笑地看了看他，心想，你不是已经有那么多的合伙人了吗，便借故推辞了。

卧 底

> 邱伟一有空就背着画夹，四处转悠。他画了厚厚的一叠画纸，
> 但几乎都是半成品素描，旁边记着密密麻麻的文字。

韦森公司的夏季招聘会上，一个头戴贝雷帽，身穿运动短装的高个子青年，很抢眼。

他叫邱伟，农学院的应届毕业生。邱伟递上个人简历，在一番你问我答后，在招聘合同上签了字。

天天一身泥，一身汗，不到一个月，邱伟和刚来时判若两人，除了架眼睛的地方，都黑亮黑亮的。

邱伟一有空就背着画夹，四处转悠。他画了厚厚的一叠画纸，但几乎都是半成品素描，旁边记着密密麻麻的文字。

一转眼，过去了三个月。这一天，邱伟提了两盒白茶到经理室，对经理说："对不起，我欺骗了韦森，我是来偷师学艺的。这是我家乡的白茶，这是我的违约金，请接受我的歉意。"

"就你小子这点伎俩，我们早就识破了。"经理哈哈大笑起来，"我们早就把你的情况查了个底朝天，你爸有个大公司让你去你不去，非要独立创业做农业项目，有志气。我们正期望有你这样的年轻人，把我们的韦森模式推广出去，让更多的老百姓得到实惠呢。茶叶我收了，违约金你拿回去。"接着，经理从文件柜里取出一个文件袋递给邱伟，说："这是我们这几年积累的一点经验，特意为你准备的，以后我们多多交流，祝你创业成功。"

邱伟走出经理室，在走廊上，邱伟对着墙使劲儿抹了两把泪。

头饰风波

"戴一下头饰加三百，没听错吧？"女孩妈妈诧异地说。

金銮殿。金龙椅。龙椅上一个小"皇帝"在拿架势。

大厅里，琳琅满目的龙袍、娘娘服、贵妃服、嫔妃服、太子服、公主服，和影视里一样华丽。

"坐龙椅拍照，一百元三张。"女人柔柔的声音在游客中穿来穿去。

"妈妈，我想穿公主裙拍照。"一个五六岁的小女孩扯着妈妈的衣裙脆声声地说。

妈妈犹豫了一下，说："去问下你爸爸。"

"哦……"他想说不要，话到嘴边却变了。

"先付钱。穿上衣裙就不能退钱了。"女人的声音一下子僵硬起来。女孩套上粉色公主裙，而后，被领到里面的头饰柜台。

大大的背景墙上挂满了各种头饰。

柜台上摆着一顶褪了色的皇冠。女人拿起皇冠说："小朋友，公主戴皇冠不好看的，戴墙上的头饰才漂亮。"

"我要戴这个。"小女孩指着一件头饰兴奋地说。

"戴这件外加三百元。"

"戴一下头饰加三百，没听错吧？"女孩妈妈诧异地说。

"就是这个价，租这个龙椅位，要一千多万，她戴的那件要加五百呢。"镜子前，一个年轻女孩戴上头饰在摆造型。女孩催男友付钱。小伙子僵在那里。女孩抢过男友手里的钱包，掏出五百元摔在柜台上。

"宝贝听话，就戴皇冠。"听女孩爸爸的声音，显然是生气了。

　　"出来玩就是为了开心，为女儿花这么一点钱也不舍得？"女人尖酸刺耳的声音瞬间穿透了现场所有人。女孩爸爸刚想发作，突然发现了宣传牌下一行不易察觉的小字，强忍住了。

　　照片出来了，小女孩的脸上挂着一滴泪。女孩爸爸当场撕了照片，抱起受惊的女儿愤然离去。

　　年轻女孩笑得好尴尬。她将照片甩给男友后夺门而出，小伙子边喊边追，惊动了不少游客。

一地狗毛

廉政建设的大潮中，有相当一部分人，是不得不接受改变的，虽然不是自觉行为，但是在高压威慑下，的确在改变着。

男人回来了，带着浓烈的酒味。莎莎一下子兴奋起来，快速冲到门口，贴着门缝直哼哼。

就算没有乐乐和她抢，莎莎也好久没吃上牛排了。想起那些天天大肉顿顿牛排的好日子，莎莎的口水就不自觉地流下来。乐乐虽然个子大，但年龄小，是男人后领进门的，在这个家里还得让莎莎几分。在那些天天有大肉的富裕日子里，两个倒也相安无事，后来男人往家里带肉的时候渐渐少了，就有了战争。两个多月前，为了抢一块牛排，莎莎被乐乐抓伤了，女主人狠踢了乐乐几脚，就把乐乐送到郊区朋友家，说已经养不起两个"娃"了。刚送走乐乐那会儿莎莎觉得很惬意，没有谁再跟她抢美食了，结果让莎莎纳闷的是，男人带肉回家的日子越来越少了。以前听到男人回家的脚步声，莎莎和乐乐都抢着挤到门口去迎接，现在男人回家，一般情况下，莎莎已经懒得去门口等了。

莎莎六岁了，她明白这个家的许多事，比如男人原来是乡下人，靠女主人进了城，靠老丈人升了官，家里差不多是女主人说了算。

莎莎也常跟他们一起去郊区看乐乐，还在那里吃到了真正好吃的老母鸡。听说乐乐在绝食两天后，终于接受了乡下的粗茶淡饭，虽然脏了些，但看起来威武多了。莎莎也不得不改变饮食习惯，开始吃她最讨厌的专供食品。

男人之前几乎不在家里吃饭，厨房一直闲着。现在呢，宽敞的厨房总算派上了用场。下厨房的自然是男人，女主人把指甲涂得那么漂亮，袜子都懒得洗，才不会下厨房呢。女主人在文化部门挂了个闲职，以前几乎没有正儿八经上过班，和一些有闲阶层的女人，喝喝咖啡逛逛街打打麻将，日子过得很悠闲，莎莎陪伴左右自然再清楚不过了。如今女主人得正常上下班，莎莎整天被关在家里，女人回家总是黑着脸，一大堆抱怨，莎莎想撒撒娇还得揣摩下女人的脸色，日子过得越来越憋屈，更加想念以前的风光日子。

男人今天把自己灌醉了，不是饭局，是和小翠喝分手酒。

小翠跟了男人四年，是在一个联谊活动上认识的。这件事男人做得极为隐秘，每次去小翠那儿，都把车停在远处，戴上宽边的墨镜。小翠对他倒也没有太多要求，心虚的男人对自己的女人百依百顺，就这样过了四年。如今风声这么紧，难得去小翠那儿一次，男人都觉得背后总有双眼睛盯着，他要像电视剧里甩掉跟踪的尾巴一样，在附近兜几圈，确认安全才敢敲小翠的门。小翠也为他来得少了和他闹别扭，男人越来越紧张，只好摊牌要和小翠分手。小翠也想明白了，吵吵闹闹的最多也是拖他下水，还不如实惠点要笔分手费。

男人将楼梯上上下下走一遍确认安全后敲小翠的门。小翠特地穿上男人送她的旗袍迎接他。餐桌上已经摆上特意准备的酒菜。

"这是你要的开店的钱。我只有这么多了，一部分还是透支信用卡凑的。"男人把一个沉甸甸的黑色塑料袋递给小翠，伸出二根手指头说。

闻到酒味兴奋起来的莎莎，做梦也想不到，男人今天的酒味和以前的酒味有本质上的不同。

漂亮的欧式梳妆台前，女主人正在左描描右画画。

男人开门的手有点不听使唤，钥匙孔好不容易才对上。

莎莎贴着门缝边，兴奋地哼哼。

终于，门吱啊一声开了，一股酒气冲进屋来。

"上哪儿喝酒去了，也不带上我。"是女人又尖又犀利的声音。

莎莎使劲地摇着尾巴，扯着男人的裤腿不放。

"家里没钱了，就你那点破工资给我买化妆品都不够。"女人的声音又增加的几个分贝。

男人突然将咬住他裤脚的莎莎一把抓起，狠狠地摔出去。

莎莎蜷缩在角落里凄厉地哀鸣，一双眼惊恐地看着这个变得陌生的男人。

男人没有脱鞋就斜躺在沙发上，片刻就鼾声大作。

从梳妆台前弹起来的女人，睁着一双困惑的大眼，抓起地板上的一堆狗毛，狠狠地朝她男人的脸上砸去。

营　生

　　把要饭当作一种职业的人，并不少见。社会在进步，"要饭村"的这些人，也在悄然地改变着。

　　癫子阿二盯着皱巴巴的账本发呆。账本里记着每天的收入以及每个月的汇总。

　　往年，癫子阿二通常要记两本账，上交的账本总要打点折扣。如今，只记这一本账，癫子阿二还担心交不了差。

　　这一年每个月的收入都明显下降。

　　癫子阿二在这幢大楼里，做了十几年的营生。大楼里冬暖夏凉，他和那些个保安，生意做得比较久的老板都混熟了。他刚六十挂零，中等个子，背有点驼，头上有块地儿光秃秃的，他穿着干净，胡子也刮得勤快，总是恭恭敬敬地托一个老家的木盘子，轮流在几个主要入口侧身站着，也就没人难为他。市中心的商业大楼，每层有一万多平方米的营业面积，每天进进出出的人流量很大，总有些人会施舍，他对自己能得到这块宝地谋生，很知足，除了营生，一得空就帮忙搞搞卫生什么的。

　　快过年了，明天按规矩，是同行们一起吃年夜饭，并上交一年的份子钱给魏爷。按约定，份子钱是收入的 30%，癫子阿二把这一年的收入算了又算，往信封里多放了一千元，把份子钱提高到 35%。

　　前些年，癫子阿二上交的份子钱都在 20% 左右，还能在同行中排在前几位。

　　今年的年夜饭和往年一样，三大桌。

　　同行多是老乡，有同村的，有邻村的，男男女女衣着光鲜，不知内情的人根本看不出来。魏爷和癫子阿二是同一个村的，还沾了点亲戚，比他早几年到 S 城。

魏爷上过中学，斯斯文文戴副眼镜，看起来像个教书先生。

魏爷给大家划分了地盘，要求大家穿衣干净得体，绝对不做偷鸡摸狗之事，谁坏了规矩，谁滚蛋。魏爷身边还带了二个人，一个人高马大像个铁塔，一个瘦的猴精一样，俩站一块说相声的话，不用开口，就能逗乐大家。两个人一是负责内部督查，二是遇到有其他地方来的乞讨者，负责将其遣送他处，这样既少了抢饭吃的，还让民政部门省了事。遇到棘手的，魏爷摸清情况后，写封举报信让民政部门去驱赶。

癞子阿二递上份子钱时，心里很忐忑。尽管他和魏爷是同村，如果持续业绩差，也会被炒鱿鱼的。这些年，各种原因走人的就有十几个。

魏爷规定，每个人上交的份子钱都是保密的且相互不能通气。癞子阿二递上信封后就找一个靠边的位置入座，默默观察其他人的表情。这些年，他已经学会从每个人的表情上读出他们的收成如何。

开席了。席上有白酒，有红酒，还有啤酒。癞子阿二倒了杯白酒，凑到鼻子前闻了一下，香。要是往年，他肯定会高调地说些祝福的话，豪气地大口干了。现在他端着杯中酒，不知道该说什么，闷闷地喝一口觉着无味。

酒过三巡，席间活跃起来，有人吐苦水，说现在的人，吃碗面也是手机支付，大多只带手机不带现金，两手一摊一句没带钱就潇潇洒洒地把你打发了。这个话题一抖开，就像炸了锅一样，一时间噼啪作响。

魏爷端着酒杯离席。他走到三桌的中心，示意大家把酒都满上，而后，举起杯中酒，要和大家一起共饮满杯。随后，魏爷仰起脖子一干而尽。

魏爷并不擅长喝酒，这样喝，还是第一次。大家正在狐疑间，魏爷又满斟一杯，并示意大家都满上。大家你看看我，我看看你，猜不出魏爷今天葫芦里卖得是什么药。

魏爷举杯，说："这是我们在 S 城的最后一顿年夜饭，吃完这顿年夜饭，你们就回去收拾收拾，明天，我们全体回老家，回老家过大年。"

大家都愣住了，张大嘴巴静待魏爷的下文。

"是这样，这些年我们是挣了些钱，几乎家家都盖了楼房，虽说我们不偷不抢，但毕竟靠人施舍，人家叫我们'要饭村'，我们在人前还是矮一截。这些年我攒了一些钱，我们回老家创业去，用我们的手，摘掉'要饭村'的帽子。你们上交的份子钱，就是你们的股金，我们一起做老板。"

癞子阿二带头鼓掌，把手掌拍红了，拍麻了。

第二天，一辆满载的大巴车开出了 S 市。癞子阿二坐在司机后排的窗边，回首看着渐渐远去的那幢熟悉的大楼，内心五味杂陈。

逃　婚

　　婚期越来越近，卓妍越来越紧张，解不开心结的她选择了逃离。

　　只剩四天了。天还没亮，卓妍悄悄起床找出几件衣服，留了张字条，只带一只便携运动包，出逃。

　　当卓妍妈发现那张字条时，卓妍已经登上了去三亚的飞机。

　　卓妍妈和子豪爸是大学同学，子豪爸是卫生局局长，卓妍妈是有名的主任医生，圈子里的人都知道两家关系一直很铁。

　　卓妍乖巧聪慧，从来没有违逆过妈妈的意志。从小练钢琴学绘画，不仅才艺出众，文化课也出类拔萃。卓妍从小就是子豪的跟屁虫，从幼儿园开始都是子豪的学妹，和子豪考进同一所"211"大学，子豪玩过家家的时候就说要娶卓妍做新娘，卓妍妈想破脑袋也想不出卓妍离家的理由。

　　突如其来的变故，让卓妍妈上火牙疼。四处打听也没有卓妍的任何消息。

　　卓妍用以前的学生证，找了家管理不怎么严的小旅馆住下，脸上发着烧，心里揣着个小兔子。

　　祸根是一年前埋下的。早在一年之前，卓妍的几个闺蜜在一起聊私生活时，就问卓妍她和子豪那方面如何，卓妍宣称自己还是个处女，被几个闺蜜取笑，说她虚伪，卓妍涨红了脸发了毒誓，她们才半信半疑。两小无猜，怎么可能？甚至调侃子豪是不是有生理缺陷，或者对卓妍没有男女之情。这无疑在她的心里投下阴影，而她的矜持和子豪的克制，又使两个人始终保持着那么一点距离。久而久之，卓妍真的开始怀疑自己和子豪之间只有兄妹之情了。

　　婚期越来越近，卓妍越来越紧张，解不开心结的她选择了逃离。

　　卓妍一下飞机就扑到海边，把自己浸在海水里，像飞出囚笼的小鸟用力地扇动翅膀，直到筋疲力尽。

出逃第二天，卓妍的心越来越纠结，她很想给子豪打电话，可又不知道该怎么说，除了身边的这只椰子，一整天什么都没吃。她把自己埋进沙里，一遍遍回放和子豪一起长大的种种情景，她早已习惯了子豪的呵护，而子豪的中规中矩，使卓妍觉得子豪更像哥哥而不是恋人。

卓妍是子豪眼里的白雪公主，他要用最完美的方式，娶她做新娘。

没想到卓妍误解了他。

"嗨，你好。怎么一个人躲在这里泡沙子？"卓妍耳边传来一个好听的男中音，还蛮磁性的。

卓妍睁开眼瞄了一下又闭上了，没理他。

"我叫叶帆，不是色狼也不是坏人。我也是一个人，逛来逛去挺无聊的，要不我们结个伴吧。"

"我失恋了，来海边疗伤的，一起两年多的女友跟一个认识没几天的富二代走了。"他略做停顿后继续说，"我是画油画的，三年来她是我唯一的模特。你呢，不会是和我一样惨吧？"话中明显带着自嘲。

是"油画"二字让卓妍再次睁开了眼。当初卓妍想考中国美院，也是学油画，可是妈妈没同意。卓妍嘴角动了动却什么也没说。

有点搞艺术的范儿，在这里谁也不认识谁，没有那么多的顾虑，结个伴也没什么不好，想泡我没门。卓妍心想。

"饿了吧，我请你吃晚餐，一个人吃饭没胃口的。"卓妍没有拒绝。

海鲜大排档里，卓妍的面前堆满了蟹脚虾壳，她实在是饿了，吃得有点狼狈，叶帆坐在对面已经放下筷子给卓妍画素描。

"送给你。"叶帆将素描递给卓妍，寥寥数笔，还挺传神的。

"挺专业的嘛。"这是卓妍开口和叶帆说的第一句话。

"你终于开口啦？请教姑娘芳名？"叶帆做了个比较夸张的动作。

卓妍做了一个休止符号的手势。

饭后一起散步消食，在高大的椰子树下，呼吸着弥漫的海腥味，卓妍把困扰自己很久的苦恼一股脑儿地吐了出来。

"你可真是得了富贵病，无病呻吟，这是人们一辈子都在追求的完美境界，怎么在有些人眼里反而不正常了呢？"叶帆侃侃而谈，句句敲在卓妍的心坎上。

"这样的闺密还是离远点好。站在男人的角度，你有这样的子豪，是你天大的福气，这样的男人才是你一生的依靠，你真是太过聪明就变傻了。"

叶帆的一顿数落，惊醒梦中人，卓妍堵在胸口的那个结，顿时解了七分。

"快点给子豪，给家里人打电话，他们一定是急疯了。"

原本嘻哈样的叶帆，转眼间成了卓妍的大哥哥，教训起这个淘气的妹妹来一点都不含糊。

当卓妍在叶帆的敦促下打开手机分别给子豪、妈妈发了信息后，叶帆才停下他那滔滔不绝的说教，把卓妍送回旅社。挥手告别时，卓妍要了叶帆的电话号码，并把自己的名字大声告诉了他。

第二天，当卓妍见到在机场久候的子豪，当众拥抱着痛痛快快地哭了一场。

婚礼唯美而圆满。

若干个月之后，子豪给叶帆打电话，请叶帆给他俩即将出生的孩子做教父。

打　赌

从串串烧出来，江明和刘屹坐在一个古石桥栏杆上，任冷风吹。

时间一到点，江明和刘屹立即换下工作服，合骑一辆电动车一溜烟地外出。

"两个小混蛋，给我回来。"大牛追在他们身后喊。

"你不能强迫我们加班，我们受劳动法保护。"俩人丢下话，头都没回。

"又不是让你白干，嫌钱烫手啊。"大牛喊。

"我们有比挣钱更重要的事情。"

俩人同村，刘屹比江明大一岁，同年在同一个职业技术学校毕业后，一起进城打工。江明做过酒店服务生，刘屹送过外卖，都说挣的钱不够自己花，狠狠心，相约一起到建筑工地打工。

江明高挑白净，活泼俊朗；刘屹微胖微黑，寡言沉稳。江明很喜欢这个江南城市，希望能找个本地女孩做女朋友，在这里扎根。刘屹则不以为然，说遇上能说上话的本地女孩的机会很小，还是回家过年时在老家找人说媒靠谱。于是俩人打赌，如果江明搭讪的十个女孩里，有一个女孩是本地人，而且愿意给江明机会，算江明赢，刘屹请他们俩吃一顿大餐，不然的话，算刘屹赢，江明给刘屹买过年回家的火车票。

俩人下班后穿戴整齐一起到各种场合去邂逅女孩。第一个，第二个……第七个，第八个，都是外地女孩，渐渐地，江明的脸有点挂不住了。

搭讪到的第九个女孩叫小颖，小颖说她是本地人，还答应今天一起吃晚饭。

江明对今天的见面有些忐忑，一边骑车一边吹着口哨来掩饰自己的紧张。消瘦的小颖给他的感觉是又高挑又冷艳又时尚，为什么会答应他的邀请，他心里没底。

小颖也带来一个同伴叫佳琪，佳琪是小颖的中学同学，圆圆的苹果脸，看上去很喜庆。

四个人来到一家串烧店，江明开了一瓶红酒，说女孩子适合喝红酒。

四个人的脸很快都红了。

"两位帅哥是哪里人啊？"佳琪开始试探性地打听。

"河南人。"江明还在斟酌怎么回答，刘屹就说了实话。

"太巧了，小颖她爸也是河南人。"佳琪看到小颖瞪了她一眼，吐了一下舌头。

四个人的表情都有些尴尬，然后是极微妙的冷场。

江明打破沉默，做了自我介绍，顺便介绍了刘屹。

"江明，你家里还有些什么人？"佳琪接着问。

"父母亲都在老家。我有一个哥哥，中学毕业就去广州的理发店做学徒，后来认识一个老家的女孩，去年一起回老家县城开了一家美发中心，听说还不错。"江明回答说。

佳琪又问了一些别的问题，有的问江明，有的问刘屹。

从问答开始，小颖就没有开口，她一直在酝酿该怎么说。他们的交谈她似乎在听，又似乎什么都没有听进去。

昨天遇到他俩时，小颖就猜他俩是河南人，再看那双手，也猜他们是在建筑工地打工。小颖妈妈是本地人，当年什么也没想，就和小颖爸好上了。小颖爸是装修队里的木工师傅，丈母娘对这个上门女婿说话总带刺，时间久了就积怨难消。小颖五岁时，父母离异，小颖就一直跟着外婆外公生活。

小时候，谁喊她河南佬，小颖就追着谁打。大人们是故意逗弄她，小孩子们一吵架就喊她河南佬，常常是一边跑，一边喊她河南佬，一边嬉笑玩闹。

小颖咳嗽了一下清了清嗓子，说："我知道，谁都不容易。我喜欢有话先说清楚。"小颖终于开了口。

"我是本地人，我住的地方，城里人叫城中村，在他们眼里，我们还是个乡下人，是城市边缘的人，尤其是像我这样。"

"好人家的好男孩我够不着，我也不想高攀，做灰姑娘的美梦。身边怕苦怕累的，赖在家里啃老长不大的，游手好闲爱慕虚荣的，我看不上，这个年龄有点文化肯在工地吃苦的人不多，所以才有了今天的晚餐。"

　　"我想证明给大家看看，当年不是我妈错了，是世俗错了。和我交朋友，一切都得靠我们自己。另外，还需要内心足够强大，受得了委屈和误解，外婆知道我重蹈妈妈的覆辙，能把我劈了。但是我比我妈妈清醒，知道自己在做什么。你也把这些先想想明白。"

　　小颖说完这些，站起来道别。

　　从串串烧出来，江明和刘屹坐在一个古石桥栏杆上，任冷风吹。

　　江明一直盯着倒映在水里的红灯笼。

　　"这次还不能算你赢，你还有一次机会。"刘屹调侃江明说。

　　"那也不能算你赢啊！难得遇上这么聪慧的女孩，我岂能错过？我感觉自己一下子长成了男子汉，为了小颖，我什么委屈都能受。"江明又接着说，"小颖算这个城市的边缘人，我相信我们的下一代能成为真正的城里人。"

　　"我陪你折腾了这么多天，回家过年的火车票总该你请客吧。"刘屹不依不饶。

　　"过年还早着呢，我看佳琪很适合你，有没有勇气追啊？还打算回老家请媒婆？"江明见招拆招。

　　刘屹沉默起来，发觉自己的脸烫得厉害。

阿　财

　　阿财缘何在彩票中奖后，瞒着所有人，举家消失？在从小镇人的唾沫中渐渐淡出的时候，缘何一家又回来了？

　　阿财在小镇上有一家杂货铺，是他爸爸传给他的。阿财有一个哥哥，一个弟弟，一个妹妹，杂货铺传给阿财，是因为阿财从小得了小儿麻痹症，身高不足一米六，走路靠双拐。阿财靠着小杂货铺娶了妻，生下一对儿女。

　　妯娌们常到杂货铺里拿东西，每次都说钱先记着，过后就什么事也没有了。次数多了，阿财的老婆难免要生气，阿财怕吵起来让街坊看笑话，知道她们是看着杂货铺眼红，总是千方百计地哄着老婆。

　　杂货铺的一半生意是靠阿财手编的竹篓。杂货铺两侧门柱挂满了大大小小的竹篓，竹篓有实用型的，也有造型别致观赏型的。姑娘小媳妇都特别喜欢阿财编织的八角梳妆盒，每个侧面都有精巧的图案，盖上或牡丹，或凤凰，或鸳鸯戏水。天气好的时候，阿财在杂货铺前的空地上放一把竹椅，在腿上放一块皮垫，脚边是长短粗细不一的竹丝竹片，一个小竹篓在他的双手间转过来转过去，不一会就成型了，每当这个时候，总能吸引一群大人孩子观看。

　　阿财的这一手绝活是年轻时跟一位外乡流落到此的老艺人学的。阿财初中毕业后因为双腿残疾，没能上高中，就到家里的杂货铺帮忙。有一天，店里来了一位胡子邋遢、头发蓬乱、腿脚不方便的老人，老人全身上下都脏兮兮的，和乞丐没什么两样，特别的一点是腰间拴着一个精致的小竹篓。老人问阿财有没有便宜的被褥，阿财报了几个价钱，老人都直摇头。老人迟疑了半天，颤巍巍地走了。

　　阿财的心被刺痛了一下，持拐杖走出杂货铺，被冷风打了个激灵。

　　"大爷请留步，我以进价卖给你，钱不够，先欠着。"

老人身子抖动了一下，停了片刻后，没有回头继续往前走。

"大爷，拿你腰间挂着的竹篓换，或者抵押怎么样？"阿财朝老人的背影喊。

老人转过身来，眼里含着泪。

老人进了杂货铺，阿财给老人泡了一杯茶。

"你真是个善良的好孩子。现在的年轻人都不愿意学手艺，我死了没啥，可传了几代人的手艺断了，我对不起祖宗。"老人刚开口就哽咽了。

"大爷，这竹篓是你自己编的吧，我腿脚不方便，能学不？"

"能。学这门手艺，靠的是脑子和双手。"老人的脸一下子舒展开来。

老人前段日子流落到此时病了，住在一处废弃的土屋里。唯一的财产是藏在墙角稻草堆里的一个竹编箱子，里面是各种工具。

阿财求爸妈把老人接到家里，专心向老人学艺，老人手把手地教。二十世纪八十年代初，粮食还是定量供应，家里添张嘴，就见短了，免不了有些闲话。一年后的某个早晨，阿财起床后发现老人不见了，留下了他的工具箱。阿财疯了似的四处找，无果。

守着店，编着竹篓，生活就这样一天天的不急不缓地过去，阿财转眼到了四十。阿财每每想到师傅不辞而别，不知是生是死，就一阵阵揪心。

阿财走进杂货铺左邻的彩票购买点。阿财有个小爱好，每个月都会买几张彩票，偶尔也能中个小奖。他心里明白中大奖的可能性极小，每次买的时候总会调侃说："人总得有点梦想，万一实现了呢！花几块钱，买个梦想，值。"可阿财买了后往往又不当回事，常常忘记奖票塞到哪个角落里了，错过了兑奖。

这一期彩票开出来之后，小镇就沸腾了，150万大奖就是从杂货铺隔壁的购买点售出的。可奇怪的是，两天过去了，还没有人认领。

阿财终于找到了这期购买的彩票。看到彩票号码的一刹那，阿财被电击了一般。他稳稳心神后，飞快地思考该怎么办。

阿财明白，平静的日子不复存在。钱还没有捂热，伸手借钱的人就会排成长队，说是借，但绝不会还，他怎么做都不会让大家满意的。突然，一个大胆的想法跳出来，再也挥之不去，那是他多年埋在心底的梦。

当晚，阿财剪掉了妻子的一头秀发。第二天，一个戴着墨镜和大口罩的"男人"，神秘地取走了那笔钱。

当杂货铺关了门，阿财一家人间蒸发了以后，小镇上的人终于明白了是怎么回事。

十年之后，当阿财从小镇人的唾沫中渐渐淡出的时候，阿财一家回来了。阿财一回来就着手建竹工艺品厂和养老院。大家都很想知道阿财这些年去了哪里，挣了多少钱，阿财总是笑而不答。

阿财再一次成为小镇人茶余饭后谈论的热门话题。

敲　门

　　我外出半月余回来时，发现她还没有走，不由得佩服起她来。我悄悄地回家，大灯也不敢开，只开台灯，害怕听到那恐怖的敲门声……邻居看似无理的打扰和纠缠，终于在温暖的微笑里冰释。

　　深夜。一阵急促的敲门声。

　　我披衣去开门。我打开内门，一连串钢珠炮一样犀利的声音穿过铁栅栏砸在我脸上。稍后，我总算弄明白了是怎么回事，来者年龄比我稍长，住在我家楼下，她说刚从女儿家回来，发现房间天花板的一角有水渍，还似乎有水珠要掉下来，肯定是我们家漏水了。

　　我急忙跟着她下楼查看。我对她说，这是渗水，天花板的水渍也不是一天两天形成的，让她不要着急，明天我找水电工来查看。

　　她说了一堆不客气的话，话连着话，我连插嘴解释的机会也没有。毕竟是有渗水，看位置对着我家卫生间，我就像个小媳妇，一连串地赔不是。

　　第二天一大早，咚咚咚的敲门声把我惊醒。我去开门时有点不悦，昨晚被她一闹，我直到天快亮了才眯了一会。

　　"姐，昨晚咱不是说好了嘛，今天我叫水电师傅来检查。师傅没有那么早。"我强忍着不悦说。

　　"我昨晚一宿没睡着，这不是怕你事情多，忘记嘛。"她还想继续说，我怕她一唠叨起来没个完，急忙打断她的话，说自己没穿外套，冷，等会儿一定叫师傅来查看。

　　水电师傅检查后说，表面上看不出来是什么原因，估计是浴缸底下的下水管漏了，安装浴缸，常会遇到这样的麻烦。拆除浴缸时发现果然如此。当初装修时，只买了洁具，配套的管道是包给装修师傅的，结果出了麻烦。我拆了浴缸，换成了淋浴房，以绝后患。

敲门，我家的空调水溅到她家窗户上了；敲门，我家阳台外的花盆有水往下滴……为了不再听到这样恐怖的敲门声，我都第一时间将这些事处理好。

几个月之后的清晨，又听到敲门声。开始还是有节奏地轻轻敲，后来是越敲越重，再接着差不多是擂门。还听见一个尖锐的声音："开门，我知道你在家里。"我在卫生间里不方便开门，听出是她的声音，又紧张又恼怒。

给她开门的一瞬间，我忍不住扔过去几句话："又怎么啦？这不是刚刚给你修好了吗？我好几千元一只的浴缸都白扔了。"

见我开了门，她口气缓和了一些，说她要去女儿家一段时间，发现我家卫生间经过改装，想看一下还有没有隐患。开门后她走进卫生间，非常细心地查看，发现如果洗脸盆下的冷热水管破裂，防水系统又不靠谱的话，水还会渗到楼下，她不放心。我解释说换浴缸时，为了保险起见，卫生间重做了防水，换了所有管道，用的都是大品牌产品，三年内绝对不会出现问题。她要我把整个卫生间恢复到原建筑结构，不然，上管理部门告我。我的改装是经过申请备案的，还出过一笔费用，自然不肯让步。

她一天三遍来敲门，一说话就激动，一激动就没完没了。真是太不讲理了，我不想理她。我打起背包去旅行。她不是说急着要外出吗，心想等我回家她早该走了。

我外出半月余回来时，发现她还没有走，不由得佩服起她来。我悄悄地回家，大灯也不敢开，只开台灯，害怕听到那恐怖的敲门声。

回家后的第二天，我找到一家不锈钢制品加工厂，特制了一个漏水防护系统。

做完这一切，我下楼邀请她上来查看，她看后舒心地笑了。临走时，她告诉我她有强迫症，一激动就控制不住自己，有一点不安心就睡不着，叫我别介意。

一切归于平静。奇怪的是，如果长久听不到她的敲门声，我会不自觉地下楼查看她有没有在家。

水注定要和我过不去，半年后，又发生漏水事件，这回，不是我家里的问题，是大楼的上水管在我家的位置漏了，她是最直接的受害者。我和物业的人一起咚

咚咚地去敲她家的门，想查看一下，发现她家里无人。上水管夹在厨房和卫生间之间，装修时被我用隔墙封闭了，维修时要拆除。我二话没说就答应了，不答应也没有别的办法啊。

当晚，我回家有点晚，刚想入睡，听到急促的敲门声。我披衣起床去开门，刚想解释说今天漏水不关我的事，发现她手里捧了一碗汤圆。她说，她明天要去女儿家，有段日子不回来了，要照顾外孙子去，今天的事她听说了，说我家好端端的隔墙拆了真可惜，她是特地等我回来跟我说声谢谢的，不然的话，她又会整晚都睡不着。说着，她掏出一把门钥匙给我，让我在她不在的时候，帮着照看点。

我手捧着冒着热气的汤圆，发现她走路的背影年轻了许多。

抽烟的女孩

抽烟的女孩都是有故事的女孩。而世俗的偏见会像一把把刀子，
女孩该如何选择？

阿莉打开烟盒，抽出一支后，把烟盒递到晓云面前。

晓云说："戒了。"晓云盘腿而坐，面前的咖啡也一口未动。

"戒了？"阿莉调整了一下坐姿，离晓云更近了些，还是没有从晓云的脸上
捕捉到她想捕捉的信息。

"戒了。"晓云淡淡地说。

"真戒了？"

"这回真戒了。"

"为了子健？"

"我和子健已成过去式了。谁也不为，就为自己。"晓云这句话说得幽幽然。

阿莉狐疑地盯着晓云，猛吸一口烟，才想起自己的烟未曾点燃。

晓云总是留着瀑布一样的长发，骨感美，走路像飘过的一阵风。而阿莉的头
发和男孩子差不多，穿着也和男孩子差不多，两人一起上街，别人会误以为是一
对情侣呢。

晓云想起了什么，打开身边的手提包，掏出一个精致的打火机。晓云打着火
机，盯着火焰发呆。

阿莉等着那串火苗。

晓云关上火苗。稍后，晓云继续打着火机后关上，又打着又关上。随后，晓
云迟疑了一下，收起打火机放回手提包。

阿莉愕然地微微张开嘴，烟差点掉下来。阿莉肚子里开始翻泡泡，她找出自

己的火机，点着烟后猛吸一口，仰头吐出来一串烟圈。晓云的脸在烟圈里氤氲着。

"你怎么啦？还在想着他？有他的消息吗？"阿莉强压住刚才的不悦，询问道。

"没有。"晓云回答得很平静。

三年前，晓云热恋中的初恋男友，神秘地离她而去。几个月后，她收到他从新西兰发来的邮件，说他已经结婚并移居新西兰，这一切都是父母安排的，他无力抗拒。

这只打火机，是他唯一落下的东西。

"过去了这么久，该放下了。"

"你烟也戒了，留着这个打火机，只能添堵。这么精致的东西，扔了实在可惜，不如送给我吧，我替你保管着，如果有一天，他回来了，我再完璧归赵。"阿莉盯着晓云的眼睛，很认真地说。

晓云没有回应。她走神了，阿莉的话，一句也没听到。

晓云一直都讨厌男生吸烟，闻到烟味就咳嗽，没想到遇到他时，被他吸烟的样子迷住了，觉得自己就是绕在他指尖的那根烟，心甘情愿地被他点燃。

这只打火机晓云一直随身带着。收到他邮件的那天，晓云去楼下的烟摊上买回两盒烟，一支接一支地猛抽。晓云是第一次抽烟，一边咳嗽一边流泪，茶几上的烟灰缸里，很快就挤满了烟头。

……

"晓云，我想带你回家见爸妈。"河边的长椅上，子健搂着晓云的肩膀说。

子健是晓云的第二任男朋友，在健身中心遇上的。子健在某机关工作，喜欢健身。那天，晓云在健身中心使劲地折腾自己，好让自己晚上不失眠，结果差点虚脱了。子健笑吟吟地递上一瓶矿泉水，就这样认识了。

"晓云，我不介意你吸烟，你吸烟的样子很优雅，但我爸妈一定会介意的，他们都是小县城的老师，很传统的。把烟戒了吧，戒了烟，我请年休假，带你回家见爸妈。"子健摇摇晓云的肩膀，温婉地说。

晓云"嗯"了一下，算是答应了。

戒烟的日子很难熬，晓云坚持二周后，又偷偷地吸上了。

子健带晓云回小县城的第三天，晓云忍不住找一个僻静的地方抽一支，不巧被子健的母亲撞见。

子健被母亲叫进书房。书房里透出沉闷的争执声，声音虽然被压得很低，还是顽强地钻进了晓云的耳朵，晓云感觉自己被赤裸裸地剥光了。

"子健，对不起，我不该骗你的，我们分手吧。"晓云留下一张字条后悄然离开。

……

"我在跟你说话呢。"看晓云没反应，阿莉加大嗓门把刚才的话重复了一遍，把晓云从往事中拉回来。

晓云从手提包里掏出打火机，凑到眼前翻来覆去仔仔细细地看了几遍，再凑到鼻尖闻了闻，然后，放在两只手心里摩挲。阿莉盯着晓云的一系列动作，把手伸到晓云面前。

"你也戒了吧。"晓云突然站起来推开窗户，只听得"噗"的一声，晓云把打火机丢进窗外的河里，河面在月光下荡起圈圈涟漪。

阿莉的手僵在空中，她反应过来后收回手，说："还是扔了的好，留着总是个祸害。"

晓云继续盘腿而坐，盯着阿莉说："你也戒了吧，我们互相监督。"

阿莉眼前闪过众多眼神，有好奇的，有鄙视的，有猜忌的，有油腔滑调想占她便宜的……阿莉从包里翻出那盒烟，扬手从窗户丢进河里。

二人相视一笑，同声说："今晚的月色真好。"

等

一次收养，终生的守候，重情重义的桑达。

雪花漫舞，万物被雪藏，城里的黑被万家灯火赶到了郊外。随着五、四、三、二、一的倒计时喊声，守岁的大人、孩子们纷纷走到室外，瞬间，烟花齐放，夜空绚烂，洁白的雪地上洒满一地的红纸残屑。

河滨花园 9 幢 401 的门始终紧闭着。

桑达在 9 幢楼道口看着进进出出的人，发出呜呜呜的声音，在雪地上留下凌乱的脚印。一切归于寂静后，桑达又坐回原处。

401 的门吱啊一声开了。一个叫秀云的年轻女人穿着棉睡衣从室内出来，女人手里拿着绳套，紧闭双唇神情麻木。她在桑达身边蹲下，给桑达系上绳套。女人用力拉桑达，桑达一边呜呜叫，一边用前腿斜撑着地面不愿离开……终于，女人费力地将桑达拉上楼。女人始终没有开口。

已经半个月了，天天如此。

半月前的那个晚上，秋韦应酬后开车回家，过清溪大桥时，迎面快速开来了一辆工程车，当时桥面有积冰，秋韦心一慌方向打猛了，车冲进河里。

秋韦一家三口住 9 幢 401 室，车库紧挨着楼道口。桑达每天早上送秋韦到楼道口，看着秋韦把车开出车库，下班时分，桑达守在楼道口，等秋韦回家。

桑达是一只杂交的中型矮脚犬，肚皮上的毛色是白色，其他地方是土黄色，眼睛大而圆。三年前的某一天，秋韦去河堤上晨跑，脏兮兮的小桑达那时刚半岁大，桑达追着秋韦跑，一直追到秋韦的家门口。秋韦反身关门时，和桑达对视了好一会儿，桑达的大眼睛就那样热切地看着他，秋韦心一软，收留了桑达。从此，或清晨或黄昏，河堤上，总能看到秋韦和桑达你追我赶地跑。

"桑达，知道你想他，我也每时每刻都在想他，别去楼道口等了，他不会再回来了"。桑达站在门缝边，等秀云开门。秀云蹲下身搂住桑达的脖子幽幽地说。

桑达乌黑的眼睛执拗地盯着秀云，呜呜地呻吟着。门刚开一条缝，桑达就迅速挤出，飞快地下楼，坐在等秋韦的空地上。

一年后，401室易主，秀云带着五岁的女儿搬到了城市的另一边。搬家的时候，秀云带着桑达穿越了整个城市。

桑达的眼神日渐忧郁，时而会狂躁不安。秀云知道桑达还在想秋韦，就时常带桑达出去溜达。这天晚饭后，秀云带女儿和桑达在附近公园里散步，有个身材像秋韦的男子从身边跑过……桑达突然挣脱秀云狂奔而去。

秀云第三天才找到桑达。找到桑达时，桑达正坐在原来的位置上，神情专注地等待。秀云第二天就回这里找桑达，桑达不在，秀云交代邻居和门卫，看见桑达回来第一时间给她打电话。

桑达受伤了，一条后腿上有血渗出，好多地方的毛都很凌乱，桑达不断回头舔着伤口。

"他不会回来了，我们的生活还得继续，跟我回去，你的腿需要治疗，他一定希望我们都能好好地生活。"秀云解下自己脖子上的丝巾，一边包扎桑达的伤腿一边说。

桑达似乎听懂了秀云的话，尽管瘸着腿一步三回头，桑达还是跟着秀云走了。

两个月之后，桑达又回到这里，这一次应该很顺利，桑达显得很从容。秀云找来了，这次秀云没有再带走桑达，她给桑达特制了玻璃房，放在桑达通常等秋韦的地方，里面放了一件秋韦穿过的军大衣。

小区物业破例没有干预，并安排专人照顾桑达，每日清理桑达的排泄物，清理食盘里剩余的食物和水，定期给桑达洗澡。

时光流逝，桑达日复一日地等待着。

桑达的故事经网络传播后，持续发酵。桑达成了网红明星，时常有人来探望桑达，和桑达合影留念。

一天，一伙人麻醉了桑达，想带桑达去巡展赚钱。桑达苏醒后发现被锁在一个封闭的箱车里，开始绝食不吃不喝。

桑达被盗之事在网上披露后，引发爱犬人士的一致声讨，自发地组织起来营救桑达。看网上铺天盖地地骂声和桑达一天天虚弱，这伙人心慌起来，在荒郊野外抛下桑达。

一周过去了，一个月过去了，三个月过去了……桑达一点音讯也没有。

半年后，"桑达"回来了，还是专注等待的神情，是一位学雕塑的大学生，为桑达塑了像。

桑达在千里之外流浪一年后终于被人认了出来，被爱心人士送回故园。

季节轮换，岁月更迭，桑达渐显老态。桑达日日夜夜紧挨着塑像继续等待，想把自己融进雕塑，永恒地等下去。

獒和小黑

藏獒的忠勇众人皆知，它们的聪明一样让人叫绝。

它俩如此安静地坐在铁笼里默默地注视着我俩，要是不知情，很难把它们和野性的藏獒联系在一起。

一位爱犬友人来访，我领他去看望獒与小黑。

女主人正站在人字梯上，给盆栽剪枝。看到我带一个朋友来造访，急忙停下手中的活儿，给我们沏茶。

茶清香扑鼻，未饮先醉。女主人说："这是刚采的新茶，自己山上培育的，绝对的绿色产品，等会儿带点回去喝。"女主人的话甜中带糯，听起来极为舒坦。

獒正值青春妙龄，毛色纯黑润滑漂亮，它始终是默默无声的，那温顺的可爱模样和藏獒的凶悍反差极大。

小黑是少年郎，好动机敏，还在学习成长阶段，和獒姐姐形影不离，小黑的身段那可英俊极了。

一坐下，我就迫不及待地将女主人给我讲的故事复述给我的朋友听。

獒和小黑昼伏夜出。主人家十几年之前租赁了某集体农场的三千亩林地，培育至今已是枝繁叶茂。每到傍晚时分山上的林业工人全部撤离后，女主人就会打开铁笼，它俩就飞一样直奔山林，寻找野兔等一切能找到的美味，守卫这片林地不被入侵。清晨，女主人会亮开嗓门呼唤它们归来，听到呼唤声，五分钟之内它们就会回到女主人身边。女主人对它们说，进笼子啦。一般情况下都会乖乖进去，偶尔也会撒娇赖着不进去，要女主人抱一抱说几句表扬话才心不甘情不愿地入笼。你可别奢望看到它俩狩猎的英姿，那可有被攻击的危险哦。

"我都快练成女高音了。"女主人乐呵呵地插了一句。

林地上有不少名贵树种，惹来偷盗者的垂涎。一天深夜，主人听见獒一阵急促的啸声，就起来查看，赶到事发地点时，见三个盗树贼已经被獒和小黑追得落荒而逃，现场有搏斗的痕迹和给獒吃的诱饵，盗贼丢下了偷盗工具和一片带血的裤腿。

"还有更神奇的呢。"见朋友听得入神，我故意卖了个关子。一杯茶不知不觉中喝干了，女主人给我续上热水。

林地有大片白茶，早期白茶身价不菲，而且这里的白茶纯自然培育，是绝对的绿色佳品。采茶季节时有附近村民前来偷采，因为不是正常采摘，会对茶树造成一定的破坏。有一天有三位农妇天才蒙蒙亮就来偷采茶叶，獒发现后就拖着女主人来到茶地，女主人说你们要是家里缺茶叶喝，可以向我要，我会送你们几斤的，这样偷偷摸摸地采，把茶树都损坏了，这也太不像话了。村妇偷茶被抓，反而恼羞成怒，说这片林地本来就是她们村里的……铮铮有词嗓门很大。獒看见自己的女主人被人吆喝，上去咬住要泼村妇的手臂，可它只是吓唬她，并没有真正下力去咬，村妇受到惊吓，骂得更凶了。獒回过头看了看女主人，看女主人正在气头上没有制止它的表示，又冲上去继续咬村妇的手臂，咬完就回到女主人身边，继续看女主人的脸色……就这样来回三次，那村妇终于不吱声了，女主人赔了村妇一笔治疗费，说獒并没有真正咬你，要不然你的手臂早就残废了，下次可能就没这么走运了。小黑则虎视眈眈地盯着两个躲在背后不出声的，却没有碰她们，从那以后，再也没人敢来垂涎那片白茶园。

"这也太神奇了吧！"朋友由衷地感慨道。

有天早晨，女主人发现水塘边有只可能是溺水而死的小野兔，看着还新鲜就准备给獒吃，把野兔扔给獒说了声"獒——给你"，就出门办事去了，獒没领会女主人的意思，以为是要它看着兔子，烈日下一整天就守着兔子寸步不离，连小黑都不让靠近，直到日落西山女主人回家。兔子已经变坏不能吃了，女主人惋惜地拍了拍獒，挖个坑把兔子埋了，只怪自己走得匆忙没交代清楚。

说话间，一对火鸡夫妇摇摇摆摆地过来了。快靠近时，火鸡先生停下来观望，火鸡女士直接走到女主人跟前，用嘴亲吻女主人的脚。我好奇地微微张开嘴。女主人起身给它们撒了一些谷子。只见火鸡先生立即低头啄食起来，火鸡女士则静待一边看着，等先生甩甩头颈吃饱了，那位火鸡女士才去吃剩下的，让我惊讶万分。

那对恩爱的火鸡夫妇对葵和小黑它俩可是恨之入骨！每次下完蛋，都会刨个深深的坑把蛋藏起来，可蛋是它俩的最爱，藏得再好总是被找出来……

我捕捉到幽幽飘过来的兰香，问女主人。

"你的鼻子可真灵啊！我这里新建了恒温兰室，里面都是名贵品种，我领你们去看。"

在去兰馆的路上，我在想，葵与小黑的工作又加码了。

农民工的"老娘舅"

许多人见周警官来了，喜欢说成是"老娘舅"来了。

王申申走进周警官的办公室时，还带着满身的江湖味，一副死猪不怕开水烫的样子，在周警官一连串的大声责问下，王申申从意识到自己所做之事实在太混，再到有些后怕，差不多只用了二十分钟。

周警官看看是时候了，将王领到一间会议室，会议室里烟雾缭绕，多个部门的人在焦急等候，有建设局的，有信访办的，有度假区劳动监察大队的，有度假区维稳办的，还有总包单位的项目经理朱世雄的代理人程建伟，他们已经足足等了五个多小时，看到主角终于来了，大家才松了口气。

原来早上有一批工人聚集到市政府上访讨薪，市政府立即责令相关部门联手协调，各部门马上抽调骨干组成一个协调小组，不到中午集中到协调会议室，可谓执行力度之大。奇怪的是，讨薪班组的头目王申申却玩起了失踪，好不容易打通电话，说远在外地，有故意回避的嫌疑，最后在"恶意欠薪逃逸会坐牢"的震慑下，才答应赶回来协商处理。

王申申虽不到三十，在外也摸爬滚打了好些年，有些江湖经验也有些江湖味。他鼓动手下干活的老乡去上访讨薪，自己却回避之，里面一定有蹊跷，随着王的到来，事情的原委也逐步浮出水面。

项目经理朱世雄五十岁左右，给人的印象是神龙见首不见尾，笼罩在他身上有一种十足的神秘感。工地发生多起这样的劳资纠纷，他依然稳坐泰山，从不亲自过问。这次也只派了一个二包头程建伟来协商。

朱世雄将外墙石材干挂工程承包给程建伟，程建伟将其转包给袁某某，袁某某再将其转包给王申申。到了王申申这里，价格已经大大缩水，不过王还是拍了胸脯，王有自己的小九九，只要能干上这个活儿，不管价钱合不合适，至少他会赚钱。

就这样王申申带了一帮老乡干上了，他还是估计不足，资源有限，加上他三天打鱼两天晒网，原定 9 月 30 日要完工的项目，直到交房日期 12 月 23 日逼近，还无法完工。这下二包头程建伟急了，迫于压力，自己调集了一批安装工人混合交叉施工，终于抢在交房前得以完工。

在施工过程中，王申申已经逐步领到工资款 110 万元，但他并没有按规定发放到干活儿的老乡手里，自己大把地花钱，再加上价位低，扣除程建伟请外援所付工资，延期完工所承担的违约金，结结账王申申只有 104 万，不仅没钱可算，还多领了 6 万要吐出来。王申申手下的老乡们一听傻眼了，王一口咬定是对方赖账，只有集体去市政府上访，由政府施加压力，才能要回余下的工资款。于是出现了前面所述的上访讨薪事件。王申申自知做了上不了台面的事，也知道拿不到钱的老乡不会放过他，遂玩起了失踪。

由于以上交集，协商进行地很困难，当晚协商到凌晨两点都没有结果，政府这边的态度很明确，必须按实际发生额将工人工资发了，王申申发不出来，由总包单位垫付。发生这样的纠纷，也是施工方层层转包，以包代管，疏于管理所致，总包单位有不可推卸的责任。

协商第二天，出现了僵局，王申申又鼓动老乡去市政府上访，被周警官及时发现叱喝拦下，代表政府各部门的人都在这里，还吵着上访，就是以农民工做筹码闹事。

艰难的协商到了第三天程建伟终于让步，外援工资他自己负责，另外将 44 万元欠薪直接发到农民工手里。交款过程派出所警员全程参与。这 44 万到底是程建伟出的还是总包单位出的，不得而知。

经过三天三夜，事情终于得到解决，可是周警官丝毫不敢松懈，这已经是该工地发生的第四起劳资纠纷了，该项目的警务由他负责，传统的春节将至，他预感到还会有更大的暴风雨降临。

按理说派出所只需对项目的治安负责，其他问题可以推给其他职能部门，可是自从周警官成功调解第一个纠纷起，那些农民工就喜欢找老周说事，他成了农民工的"老娘舅"，所里上上下下也都是积极配合，没有把这烫手的山芋往外推。

果然不出所料，刚过元旦，外墙涂料项目出现了涉及300万的纠纷，经过各方的艰苦努力，终于在春节前将300万顺利发放到农民工手里。

周警官依然忙碌着。许多人见周警官来了，喜欢说成是"老娘舅"来了。

二分二十六秒

还真有不长脑子的人，二分二十六秒里的众生相。

我提着大包小包来到一楼电梯口，电梯显示在十八楼的位置。

看到邻居老陆也在等电梯，我微笑着点下头算是打招呼。又陆续过来五六个人，其中一位是老奶奶。我眼睛一亮，问道："老奶奶好！老奶奶多大啦？我两次看到您坐在大楼圆柱子那里看热闹，真好。"

昨天和前天，我两次看到老奶奶在商厦门厅里背靠大圆柱子坐着，出神地看来来往往的车和人，马上联想起老母亲来家小住时，总是趴在阳台的窗户前，看楼下的车流和人流，还不时地说，车子真多，像车水似的。家住十一楼，在楼上看，哪有在下面看得真切，下次妈妈来了，我也效仿一下。老奶奶坐的门厅，原来有十几个摊位，有卖炸鸡腿的、卖肉夹饼的、卖馄饨的、卖米线的、卖玩具的、卖花卉装饰品的、卖雨具小百货的，空气里都是油烟味。去年创全国文明城市时，摊位被取缔了，如今空空荡荡干干净净，老人坐这里消磨时间真不错。

"这是我奶奶，九十四岁了。"一个三十几岁模样的女子回答我。

我说："身体还这么硬朗，真是好福气。"老人和那女子应该是最近才来的，我之前都没见过。

电梯到了，大家鱼贯而入，我侧身让老奶奶先进。老奶奶和她孙女从右侧进入电梯，靠墙站在门右角，我进入后转身面对着老奶奶。

"真是巧，我一个邻居也是九十四岁，身体也好得很，昨天摔了一跤就去世了。"一个刺耳的声音，从我后背传来，我感觉后背刮了一阵冷风。有人附和说："这也是一种福气，是她自己的福气也是后孝子的福气。"我回了一下头，说话的女人四五十岁，高我半个头，马尾辫高高扎在脑后，一副荷尔蒙过剩的模样。

　　我看见老陆和老奶奶的孙女朝说话的女人翻白眼，那女人浑然不觉，说得口沫横飞。我脑子里突然闪出张贴在医院电梯里，"不在公共场合议论病人病情"的友情提示。我挤出笑容微微俯下身，大声对老奶奶说："乘电梯还习惯不？我妈比你年龄小，还没有你硬朗呢。"

　　老奶奶对我叽里咕噜说了一番话，我一个劲儿地点头，其实我一句也没有听懂。

　　"家里人找到她时，人也冰冰冷了，今朝是第二天，明天就要进火葬场了呢。"又一阵冷风钻进耳朵里。

　　七楼到，电梯停下，老奶奶在搀扶下颤颤巍巍地走出电梯，立即被电梯门隔断，我观察到老奶奶的表情没有明显变化。

　　"有老人在，你不好这样说话的，吓都要被你吓死了。"老陆同志终于憋不住了。

　　"活到九十四岁了还怕死？死，我是一点儿都不怕。"那女人说得振振有词。

　　"你还没有到那个年纪，人是越老越怕死，我娘那时候，多活一分钟都是好的。"老陆的声音还是那么宽厚。

　　那女人想说什么没来得及，是九楼到了。女人走出电梯，走路的姿势雄赳赳的，马尾辫在脑后左晃右跳，皮鞋撞击地面的声音挺沉闷。我一看时间，总共二分二十六秒。

　　"这个女人真是没长脑子。"老陆换了语调。

　　"你看，都长身上了。"我调侃道。补充说："还好，我试过了，老太太耳背。"

　　"这种人总有一天要吃苦头的。"老陆絮叨起来。

　　老陆后面说了什么我没在意，我想着老奶奶坐的方凳有点高，不合适，下次再看见她，帮她换把合适的椅子。

选　择

在人生的紧要关头，阿超为了心爱的女孩做了这样的抉择。

阿超压低身子，几乎是趴在车上使劲地左右摇摆，自行车吱吱嘎嘎地爬上一道坡，接着一个俯冲后骤停，虽然冷风潇潇，阿超的后背还是渗出了一层汗。晓云已经在出村的路口等他，他歉意地一笑，连说对不起，早上迷迷糊糊地睡过头了。晓云一言不发地坐上后座，两人的身影很快在通往村外的小路上，渐行渐远。

晓云一路沉默着。爸爸不久前上房修屋顶时摔了下来，瘫痪在床，妈妈一直都体质差，弟弟妹妹尚小，她不能再上学了，表哥约她去南方打工，今天她是来跟阿超告别的。

明年就要高考了，一路上，阿超兴奋地对晓云说，他会加倍努力，争取和晓云报考同一所学校。他的自行车后座，永远只属于晓云。晓云始终沉默着，她不想现在就把这个残忍的消息，告诉他。

和往常一样，放学后阿超用自行车带着晓云回山村。在一个人稀少的路段，晓云突然用她的纤手，搂住了阿超的腰，脸贴着阿超的后背，泪水把阿超的棉袄湿了一大片。

阿超像被电击了一般，车子晃了几晃。他按捺狂喜的心，稳稳心神，减慢了车速。他觉得自己在梦里一般，他没敢回头，他怕一回头梦就醒了。

是晓云的抽泣声，让阿超停了车。阿超扶住车，惶恐地将晓云梨花带雨的脸靠在自己胸前，问晓云这是怎么啦，晓云只是哭，就是不说话。在阿超眼里，晓云总是那么积极乐观，他心疼得手足无措。晓云终于哭够了。当阿超得知晓云要辍学去南方打工，惊得呆了。晓云的成绩一直名列前茅，可造化竟然如此弄人。

阿超整个人都软了，脚不听使唤无力再骑车。晓云把车斜靠在路边锁上，挽着神志恍惚的阿超走进路边的松树林。

表哥来信鼓动晓云，说南方如何如何好挣钱，晓云就心里犯嘀咕，她也听说了一些风言风语，去南方打工对她来说究竟意味着什么，她不能不想，但裸露的土坯房，瘫痪在床的爸爸，脸色苍白的妈妈，年纪尚小的弟妹，像一座大山压得她喘不过气来。爸爸一出事，家里的天就塌了，上大学对她来说，就成了遥不可及的梦，十几年的苦读，她蒙住被子哭了好多回。她觉得自己没得选择，既然命运不让她有选择，她至少可以选择把自己的初吻和第一次给一直默默爱着她的阿超。

两片灼热的红唇交织在一起，彼此吞咽着流进嘴里的泪水，他们忘记了时间，任余晖将两人相依相偎的影子越拉越长。在晓云的主动下，当夜幕掩盖了一切时，两人终于滚到了一起。

阿超将晓云送回家后跌跌撞撞地回到自己家，母亲守住门框焦虑地等着他。阿超年幼丧父，是母亲一个人将他们姐弟俩带大，姐姐三年前和村里其他两个女孩一起去了南方，这二年姐姐寄回了好多钱，家里翻修了房子，他也能安心地上学。姐姐说在一家外企打工，收入高，但背后总有人在指指点点，阿超常感觉到后背火辣辣的。如今，他钟爱的晓云也要去南方，他的眼前一片漆黑。

阿超回到家，扑通一下跪到母亲面前，哭着说："娘，原谅儿子不孝，我不能眼睁睁地让晓云去南方，她成绩那么好，一定能考上大学的，没有了晓云，我也没有心思读书了，我准备替晓云去打工，让晓云能继续读书。"

"我的儿你傻啊，你姐为了让你安心读书，吃了多少苦只有娘知道，你不考大学能对得起你姐啊？你也不想想，晓云考上大学，就有了金饭碗，成了城里人，你是农村人，她还会看得上你？你要这样做，娘就死给你看。"

"娘，晓云已经是我的人了，她的事我不能不管。我保证不把学业荒废了，过二年缓过来了，我再考。"

"我这是造的什么孽啊！"阿超娘一边哭着，一边用扫帚柄抽打阿超，阿超不避不让，抱住娘一起痛哭。

第二天一大早，阿超骑车赶到晓云家，把准备远行的晓云拦下了。

阿超把自行车留给了晓云，背起行囊去了省城。

此后，山村的小路上，一个背书包的女孩骑车颠簸的身影，点缀着山村的清晨和黄昏。

梦和远方

晓云禁不住现实的诱惑，背叛了阿超。梦碎了，远方还在。

阿超赶到晓云家时，晓云正准备远行。阿超拉着晓云到她父亲床前跪下，说："伯父，晓云成绩那么好，不能放弃高考，我替晓云去打工挣钱，你就答应让晓云继续上学吧！"

晓云爹别过脸去哽咽起来。许久后，沉声说："好孩子，晓云将来敢辜负你，我和她娘就不认她这个女儿。"

第二天，阿超和晓云在县城的汽车站告别。晓云偎在阿超胸前哭了很久，阿超抚摸着晓云的秀发安慰着。

晓云很快收到阿超的第一封信，里面夹了一版漂亮的邮票。晓云欣喜，一边读信一边落泪，把信纸湿了一回又一回。

在非常情况下偷尝禁果的晓云，一直怀揣小鹿，在惶恐中度过了不安的一个月。她害怕自己一时冲动，导致可怕的后果。女孩子的坚强与脆弱，只隔了一层薄薄的窗户纸，一截就破。还好，那天在学校晓云见了红，她如卸重负，偷偷跑到一个角落，哭了好一会儿。

没有不透风的墙，阿超的中途辍学，两个人的鸿雁传书，演变成各种不同版本的故事，在坊间在同学中悄悄流传，晓云成了众多目光的聚焦点。晓云总感觉衣服被剥光了一样，时常压抑得想逃离，是阿超一封封至情至理的来信给了她面对一切的勇气，让她对高考坚定了志在必得的信心。

高考的日子在晓云的晨出暮归中一天天逼近，阿超留下的自行车已被晓云驾驭得服服帖帖，贴完那版邮票中的最后一枚后，晓云走进了高考考场。

晓云填报了省城大学，因为阿超已经在那里等她。

高考一结束，晓云就去省城找阿超。

在火车站，晓云几乎没认出来接她的阿超。阿超学了电焊工，近期在一幢大楼的外墙烧钢架，烈日炎炎，昔日白净秀气的脸，烤成了棕榈色。阿超没舍得请假，是从工地直接来火车站的，穿的是工作服，上面有锈斑有汗渍，柔顺的秀发被粉尘弄得硬邦邦的，一双原来比女孩子还柔软的手，布满了开裂的血口子和老茧。晓云的心猛地被鞭击了一下，泪水瞬间奔了出来。

"我现在的样子是不是吓着你啦？"阿超风趣地自嘲了一下。

"去看看我们现在正在建造的大厦，那可是省城的标志性建筑。"

转了两次公交车，晓云终于到了阿超打工的工地，远远地看见两幢高楼，比肩矗立着，阿超告诉晓云楼高三十八层，正由上而下地安装玻璃幕墙，泛着蓝光的幕墙玻璃，庄重气派又宁静。晓云之前最远去过小县城，那里最高的楼也只有五六层。

"省城就是不一样，这楼建得够气派吧，这里面也有我阿超的一份功劳呢。"阿超自豪地说。

晓云愧疚的心，在阿超的朗朗笑声里，渐渐舒展起来。当晚，两人拿了一张草席，一只手电，顺着消防楼梯，偷偷爬上了大楼的最高层，一起看城市的霓虹，找苍穹的星星。晓云把头埋进阿超的怀里，把自己所经历的种种委屈化作了滔滔泪水。

"我要是没考上怎么办？"晓云对阿超说。

阿超安慰云说："不会的，你学习一直那么好。真的没考上，也没有关系，我已经能养得起你了，你再复读一年，一定能考上的。这些日子辛苦了，明天我请一天假，借一辆自行车带你好好玩一天。"

不久，晓云如愿接到了入学通知书。

阿超肩扛行李送晓云报到。报到那天，有同学问晓云："送你来的那个男人是谁啊？"晓云尴尬地回答："是我堂哥。"

晓云不让阿超去学校找她，说影响不好。已经连续三周没见到晓云的阿超忍不住到学校里找晓云，室友告诉他晓云不在，晓云出去了，还朝阿超神秘地窃笑。

阿超走出校门，在附近找了一个僻静的地方坐下。他要等晓云回来，他有一肚子的疑团要解。深夜，他看见晓云与一个男孩有说有笑地回来，阿超看到了他最不愿看到的一幕。

"晓云！"阿超拦住晓云。

"我对不起你，要说的话都写在信里了。"晓云从包里掏出一封信塞给阿超，挣脱阿超跑向学校大门。

那天晚上，滴酒不沾的阿超，把自己灌得烂醉。

阿超离开省城，去了更远的远方。

几年后，阿超给母亲捧回了自学考试的大学文凭和项目经理证书。

第二辑　人间走笔

　　行走在人间，会有各种各样的际遇。人，一撇一捺，容易左右摇摆，站立行走需要定力。放眼望去，有朋友，有路人，有成功人士，也有低到尘埃的普通人。

　　各人的境遇很不相同，而骨子里又是惊人地相似。一个故事，就是一个世界。

我是一尾鱼

女孩对我说："快回去找妈妈吧，顺着这条河一直游，就能回家啦……"

我是太湖里的一尾小白条，不小心被渔网网住了。

船靠了岸，我被一位说话声音挺好听的女人买走，和我一起被买走的小伙伴有二十几个。她从汽车后备厢里，腾出一个储物箱，从太湖里舀了半箱水，把我们放了进去，我们一下子欢腾起来。

可惜好景不长，后备厢里实在太闷了，我们透不过气来，我们在车里晕乎乎地摇晃了好长时间，终于来到这位女人的家里。

女人把我们放进浴缸。地方是更大了，可水有难闻的漂白粉味。没过多久，好几个小伙伴都不对劲了，肚皮朝上，女人扒拉了几下，把没什么动静的几个伙伴带走了，过了大约半个时辰，女人又来看我们，又带走了一些伙伴，留下来的已经不足一半了。

终于，我看到了剪刀的寒光，听到了剪刀在女人手里咔嚓咔嚓的声音。我吓得直哆嗦。

女人用手来抓我了，女人的手很柔软，没有把我抓得太紧，我拼命地挣扎了一下，她就放开了。女人停了一会儿后，又来抓我，这次她有些犹豫，我又趁机溜了。

"妈妈，别伤害小鱼，让他们去找妈妈吧。"这声音太好听了，是女人上幼儿园的女儿回来了。

"听宝贝的。"女人停了下来，说，"宝贝说得对，妈妈也不忍心，手一直在发软呢，我们一起把活下来的小鱼放回河里去吧。"

　　"快回去找妈妈吧，顺着这条河一直游，就能回家啦。你们可要变得机灵点，不要再被抓了哦。"小女孩把我们轻轻地放入河水里，叮嘱我们说。

　　我游了一个漂亮的弧线后浮出水面，朝小女孩点了几下头吹了几个泡泡。

大 寒

　　她不敢往下想，赶紧用被子把自己裹得紧紧的，竖起耳朵听动静。

　　大雪终于歇了。被禁足大半天的春妮和几个小伙伴，不约而同地冲出家门，追逐着打雪仗。春妮一身红，像滚动在雪地上的一团火球。

　　沟沟坎坎不见了。突然，春妮一声尖叫，小伙伴们傻眼了，接着一个大喊救命，两个哇哇大哭。

　　孩子们忘了脚底下是水塘。春妮跑到了水塘中心，结果破了冰。

　　邻居阿三正好在附近，听到喊声迅速赶来，下水将春妮救了上来。

　　春妮脱掉湿衣裤，光着身子蜷缩在被窝里瑟瑟发抖。

　　"真是个野丫头，这回看你穿什么。"是妈妈的大嗓门。

　　春妮知道这回闯了大祸，小心脏一直突突地响。她冬天只有一套棉衣裤，平常贪玩弄湿了衣袖，屁股都会挨揍，现在可是光着屁股呢。她不敢往下想，赶紧用被子把自己裹得紧紧的，竖起耳朵听动静。

　　她听见爸妈在竹园里把鸡撵得乱飞。一只被逮的母鸡咯咯咯地叫唤。听见妈妈抱着鸡风风火火地出了门，又听到爸爸追了出去，说："把这瓶酒也带上。"

　　"嗨！"春妮惊了一下。后来她听出来是爸爸用斧头在劈啥。

　　妈妈嘎吱嘎吱踩着积雪回来的声音。然后是爸爸妈妈的对话。

　　"阿三怎么样？"

　　"在打喷嚏呢。"

　　"这次真是多亏了他。哪来的红糖？"

　　"我打听到二队有人在坐月子，上门讨了两勺子。"

　　没过多久，妈妈进来了。妈妈看着春妮喝下一大碗姜汤，给她掖了一下被角后走出房间。

　　春妮一直悬着的心落回肚子里，迷迷糊糊地睡着了。

　　春妮醒来时天亮了，枕边的棉衣棉裤透着特别的烤香味。是妈妈连夜拆洗烘干的，爸爸用大树桩烧的火堆还没有熄呢。

　　春妮那年六岁，她长大后才知道，那一天是大寒。

白开水

　　白开水是有禅意的，无色无味却蕴含了所有的色彩和滋味。

　　第一次在太湖边见到他时，轻柔的雪花，正悄无声息地落在小草尖上，像春天的柳絮。

　　他叫白开水，是个来自北方的作家。

　　我看着轻盈曼舞的雪花在手心上化成水珠，就忽然想起了茶水，于是问他，喜欢红茶还是喜欢绿茶？

　　他显然愣了一下，可能觉得我的话唐突了吧，但他马上用一种半诙谐半庄重的神情说："我只喝白开水。"看了我一下，又解释说："白开水无色无味，却蕴含了所有的色彩和滋味。"

　　说到了文学，他的话匣子就关不住了。他说，别人下海挣大钱，他下海爬格子，敲键盘，教孩子写作。谁叫咱只好这一口呢，文学是咱一辈子的情人了。我发现他说这些的时候，额头闪亮，瞳孔变成了万花筒。

　　雪花纷纷扬扬起来，他突然沉默了，入神地看着翩飞的雪花，湿了眼角，我猜他是想念故乡的雪了。

树画歪了

孩子眼里的世界是自然而真实的，不应该被教条扭曲和摧残……

幼儿园举办绘画比赛，佳佳初赛胜出，下周将参加决赛。

决赛的主题是画秋色，不能对照图片画，要凭孩子的想象来创作。

周日，妈妈带佳佳去镜山湖看秋色。在湖边，佳佳看到一棵奇特的歪脖子大树，一条弯弯曲曲的胳膊使劲伸向湖面，伸出去好远，向岸边长的胳膊不知道为什么被锯掉了，留下很大的一个疤。树叶有的绿有的黄，微风一吹，就有黄色树叶慢悠悠地飘到湖面，变成一晃一晃的小船。远处的山，一片绿一片黄一片红的，佳佳兴奋地对妈妈说："好美啊！我找到最美的秋色了。"

比赛时，佳佳画出了她心中的秋色，在绿树环绕的湖面上荡漾着一只只树叶形的小船，一棵大树歪着伸向湖面。看着自己的画，佳佳开心地笑了。

比赛结果出来了，佳佳却没能获奖。老师在她的画下面写了一条评语：秋色很美，可惜树画歪了。

佳佳很委屈，眼泪吧嗒吧嗒地掉下来。老师忙安慰她："别灰心，好好画。下次还有机会的。"佳佳说："那棵树就是这么长的呀。"

老师跟着佳佳来到镜山湖边，晚霞中，秋色晕染的更浓郁了，一阵微风吹来，歪脖子树上飘下的片片黄叶，在湖面上荡呀荡。老师看得呆了，一把搂着佳佳说："老师错了，对不起！"

第二天，展览橱窗前最显眼的位置上，是佳佳的那幅秋色图，图下一行鲜红的小字：特别创作奖。

妈妈抱起佳佳，佳佳把脸蛋贴上橱窗玻璃，玻璃内外瞬间开出两朵娇艳的花。

灯 光

老师窗前的灯光，是学生心里不灭的一盏明灯。

午夜，晓忠骑着电动车送外卖。

这是今天最后一单了，他让送外卖的伙计提前走了，自己顺路送这最后一单。

晓忠大学毕业后自己创业，开了这家粥店，堂吃加外卖，生意还不错。

他一边吹着口哨，一边熟练地东拐西弯。

口哨声突然静默在一盏橘色灯光下。五楼的这扇窗，这橘色灯光，他每次经过，都会自动地搜索。午夜了，灯依然亮着。他迟疑了一会，快速消失在一条小巷里。

送单后，晓忠折回店里，熬了一份粥，煎了两个荷包蛋。

晓忠按响了门铃，门开了。

"李老师，饿了吧？你胃不好，给你送碗粥暖暖胃。"平常说话很顺溜的晓忠，居然有点结巴了。

"是晓忠啊，大小伙子了啊，都快认不出来了。真是长大懂事了，快进来坐。"李老师热情地招呼。

"我不进来了，李老师你把粥趁热喝了早点睡吧，明天还得上班，老是这么熬夜怎么行呢。"看着李老师灰白的头发，消瘦的双肩，晓忠的声音有些哽咽。

"习惯了。"

"这么晚了，你也快点回家休息吧，路上小心。"

看李老师有些激动，晓忠急忙转过头去，他的眼眶湿了。

晓忠回到了楼下，他仰望着那盏灯，眼里开始下雨了。在雨里，李老师背着发高烧的他去医院，结果在泥水里滑倒，就在倒地的一瞬间，李老师一转身垫在他身下。那一年这里还是城郊，他读小学五年级。

那盏橘黄色的灯依然亮着。

阿旺婆喂鸟

　　阳光从树缝里漏进来，斑斑点点。一个老人和几只鸟，在绿荫中呢喃。

　　大家都叫她阿旺婆。不管是阿旺老爹在还是走后。

　　阿旺婆快九十了，本来就个子小，现在像弯起的弓，更小了。

　　阿旺婆睡着了和醒来后都是笑眯眯的。她喜欢热闹，喜欢笑眯眯地坐在椅子上，饶有兴趣地看着大家聊天，别人笑，她也跟着笑，要是问她听到啥好笑的了，她就摇摇头，说："耳朵背了，啥也没听见。"然后又说，"现在的人都活在天堂里了。"

　　阿旺婆有五个孩子，三个大的在老家农村，两个小的考上大学进了城。最小的女儿最近搬进了宽敞的新房子，就把阿旺婆接进了城。

　　都说女儿是妈妈的贴心小棉袄，阿旺婆的一切自然是妥妥帖帖的。可阿旺婆总说要回乡下，女儿一出门，阿旺婆就坐到阳台上掐算时间，把白天掐得越来越长。

　　"这么多饭菜倒掉多可惜，要是在乡下……""你们不吃我吃。"每次看女儿收拾餐桌，阿旺婆总要这样说。可阿旺婆越这样说女儿倒得越坚决。

　　这一日，女儿收拾好之后去上班，匆忙间忘了把厨房垃圾桶带下楼倒掉，阿旺婆看见桶里有好多米饭，想了想，弯腰把米饭掏出来，放进洗菜篓里用水冲干净，用袋子装了，下楼，把米饭洒在绿化丛中的窨井盖上。而后，阿旺婆坐到不远处的长凳上等，不一会儿就看到有鸟儿们来啄食了。

　　"别倒掉，给我。"阿旺婆看见女儿要把残菜剩饭倒进垃圾桶，急忙抢过来。

　　女儿困惑，说："妈，这里不是乡下，没有鸡没有鸭没有狗没有猫的，你要剩饭剩菜做什么？别把老鼠给招来了。"

"我喂鸟，喂鸟也是在做好事。"

阳光从树缝里漏进来，斑斑点点。一个老人和几只鸟，在绿荫中呢喃。

没过多久，阿旺婆又嚷嚷要回乡下，是附近有个新工地开工，噪音把鸟儿都惊走了。

痴

都说世人痴，痴有好多种呢？

"老太婆啊，你就答应了吧。"陶老师喝着夫人递给他的鱼汤说。

"就你那破心脏我能放心？你不是答应女儿退休后去美国陪她的吗？"

"你去美国陪她吧，我去能做什么呀。"陶老师的眼前又晃出老家孩子们渴望的眼睛。

陶老师退休了，离开讲台的他想回大西北的老家支教。他说："研究了一辈子数学，一日不做题，三天不切磋，憋得慌。"

"都这把年纪了，何苦这样折腾呢？真无聊的话，有好几家培训学校都慕名请你去呢，听说讲课费蛮高的。"

"老太婆啊，教学一和钱挂上钩，就变味了，我们也不缺那几个钱过日子，我还是想帮帮老家的那些孩子们。"为了得到夫人的支持，陶老师是第 N 次在夫人面前嘀咕了。

"总是拗不过你，你想去就去吧。几十年了，南方的水土算是白养了你。"夫人终于松了口。

陶老师乐得像个孩子，一口把碗里剩下的鱼汤喝干了。

站台上，陶老师双手停在老伴的肩膀上，说："天热，你回去吧，替我照顾好我们的女儿。"

老伴狡黠地笑了笑，说："东西多，让我送你上车吧。"

陶老师在硬卧车厢安顿下来后，对老伴说："辛苦你了，别怨我啊。"又接着说："车马上就要开了，你快下车吧。"老伴憋不住笑出了声，脱掉鞋躺到陶老师对面的铺位上。

寻

　　咯咯咯咯……母亲呼唤猪仔的声音响起来了，还有，老母猪躺在地上，一排猪仔抢奶头打闹的声音。

　　我茫然地站在那，后山坡上火红的杜鹃花淹没了整个山头，我的影子掉进了身后的枯井。

　　虽然我在城里安了家，但节假日一定回老屋过，这已经成了多年的习惯。在我心里，老屋才是我真正意义上的家。

　　怎么说没就没了呢？我无所适从地站在那儿，一辆辆汽车从身后呼啸而过。

　　枯井告诉我，我所站的位置是老屋的西厢房，这里曾是两个哥哥的婚房，孕育过四个小生命。还好公路只是穿过了屋前的空地，宅基地的位置在绿化带，不然那些岁月会被反复地碾压，想到这我心头颤了颤。

　　井边有一块大石头，一半埋进土里，比较平整的一个面朝上，用来当搓衣板。记得小时候，我常拿黑炭在石头四周涂鸦，画鸡画鸭画小鸟，还照着井水画自己。

　　屋后那片和大白鹅捉迷藏的竹园，成了乱石岗，稀疏的竹子像佝偻的老妪，匍匐在疯长的艾草里喘息，上面还刻着我和小伙伴们的名字呢。只有渠沟边的金银花，没心没肺地开着。

　　咯咯咯咯……母亲呼唤猪仔的声音响起来了，还有，老母猪躺在地上，一排猪仔抢奶头打闹的声音。

　　西侧有几棵和爸爸一起种的水蜜桃树，挂的果子实在是太沉了，老父亲正用竹木把枝丫撑起来。一群孩子围着桃树打闹。

　　"丫头，你过来。"好像是那棵老桃树发出的声音，我起了身鸡皮疙瘩。"我

是你小时候栽下的呀，好久没有看到你了，想你呢。"

我久久地站在那儿，试图把自己变成一棵树。桃树、梨树或香樟树，都行。

我突然觉得喘不过气来，脚下的地一下子塌陷了，我一直往下掉，往下掉。那漫山的红杜鹃和我一起往下掉。

再生泉

他把工厂卖了，做回了地道的农民，改变他生活轨迹的，是一个不寻常的梦。

石崖边，江煜民对着石缝里涌出的泉水，咕嘟咕嘟猛喝了几大口，再看了下崖壁上的三个字，而后扛起铁镐，哼着小调下山。最后一抹阳光，用力穿透茂密的枝叶，将他那张写满惬意的脸雕刻得异常生动。

十年前，他在开发区有一家工厂，生意红火。

改变他生活轨迹的，是一个不寻常的梦。

那段日子里，他反复地做同一个梦，梦见奶奶提着水桶，蹒跚地爬坡。尽管那只是个背影，但他认定就是他奶奶。

这个梦让他心神不宁。他觉得这个梦有蹊跷。

爷爷奶奶合葬的墓地，听说是爷爷生前自己选的。坟茔建在高高的山坡上，能俯视附近好几个村庄。延绵的几个山头原本都是松树林，将坟茔掩藏其中。不料十年前的一场大火，将整个松林都毁了，裸露的山石间，只零星长出些膝盖高的灌木和茅草。

奶奶也是十年前随爷爷走的。他是奶奶一手带大的。奶奶是小脚，小时候他经常摸着奶奶粽子样的脚尖，问奶奶走路疼不疼。

这一天，他备了祭品到坟茔上祭拜。赶上大风，他爬坡的时候，感觉自己要被风刮跑，身旁连个抓扶的东西都没有。

坟茔边的一道崖口上，有一个泉眼。当年，爷爷看这里视野开阔，树木葱郁，泉水潺潺，选中了这块风水宝地。他到崖口查看，发现泉眼早已干枯。他内心一阵哆嗦，难怪梦中奶奶一直在爬坡提水呢。

　　他决然地把工厂卖了，承包了被大火烧过的三千亩山头。后来他把城里的住房也卖了，做回了地道的农民。

　　泉眼复活了。他亲自在石壁上雕琢了"永生泉"三个大字。

纠 错

纠错也能成瘾……他的无差错纪录又是被什么打破的?

他掏出钥匙,借着手机的亮光打开家门。

老伴已经看上了电视剧。桌子上,两双碗筷在等候它的主人。

"都几点了。"老伴嘟囔一句后,从蒸锅里取出几碟小菜,和他喜欢的一小壶女儿红。

他上前扶老伴入座,来了句京腔:"夫人辛苦了。"

"啥事这么高兴?"老伴问。

他掏出一张名片给老伴,说:"一家新开张的火锅店,招牌上居然有个错别字,我找到老板,帮他改过来了。这是老板的名片,老板说下次我去吃火锅,给我打对折。"

"你这老头子,啥闲事你都管,在报社改了几十年的错别字,还没有改过瘾啊?"老伴笑骂道。

"不能这么说,招牌上有错别字,是给我们这座城市丢脸对不?这事还真得管。"他咪了一口老酒有滋有味地说。

他正喝在兴头上,突然一拍大腿,立即起身赶回报社,他突然想起有一个错别字没有纠正过来。

他的无差错纪录,居然有一天被打破了。

那是一篇小小说稿件,他一边校对一边模糊了双眼,里面的女主人公叫晓月,经他校对后,变成了晓玥。

晓玥是他的初恋情人,那一年,他和她都是十八岁,那一晚,他俩醉倒在女儿红里。

娇娇的心事

开放二胎政策后，曾经的独生子女，面临着各种心理问题。

娇娇妈的肚子隆起来了，常有人问娇娇，喜欢弟弟还是喜欢妹妹。

"我要妹妹，我不要弟弟。"娇娇回答得很坚决。

这样的回答，让娇娇的爸妈很忧心，他们期望二胎是男孩。

"为什么不喜欢弟弟呀？"妈妈搂着娇娇问。

"我有很多很多漂亮的裙子都小了，要是生个妹妹，妈妈就不用花钱买新衣服了，这样就可以省钱了呀。"娇娇的回答让妈妈很吃惊。

"每个宝贝都应该有自己的新衣服呀。"妈妈笑着回答。

"我喜欢妹妹，就像妈妈和姨娘一样，是相亲相爱的一家人。"娇娇又找到了说辞。

"你和弟弟也是相亲相爱的一家人啊。"妈妈顺着娇娇的话题说。

"男孩子太顽皮了，会弄坏我的芭比娃娃的。"娇娇想了想，噘起嘴巴如是说。

"隔壁阿姨家的弟弟，常来我们家玩，你们不是玩得挺好吗？你俩还一起给芭比娃娃穿裙子，穿鞋子呢，他也没有扯坏芭比的漂亮裙子呀。"

娇娇语塞，突然"哇"地大声哭起来，一边抽泣一边说："我们幼儿园的佳佳对我说，妈妈生了弟弟后，一家人都不喜欢她了，特别是爷爷奶奶，我不要妈妈生弟弟。"

妈妈把娇娇搂得更紧了，泪水打湿了娇娇的秀发。

"傻孩子，不管妈妈生下的是弟弟还是妹妹，你都是爸妈的心肝宝贝，妈妈再生一个，是为了让你有个伴和你一起玩啊。"

　　以后的日子里，有人问娇娇，喜欢弟弟还是妹妹，娇娇的回答依然是妹妹，只是语气没那么坚决了。

　　当娇娇在妈妈的床头，看到裹在被单里的小人儿时，怯怯地摸了摸他的小手，然后凑到妈妈的耳边说："妈妈，弟弟真可爱，我喜欢弟弟。"

火 鸟

一对父女的家国情怀，值得我们所有人崇敬。

一大早，惠玉急匆匆地走出燕京大学校门，上了一辆黄包车。

惠玉昨天收到父亲署名的家信，字迹虽像，但她总感觉不对劲儿，她有一种不祥的预感。

火车穿过原野南下。哐啷啷，哐啷啷，声声敲在她的心上。

终于快到了。她先看到院里那棵高大的梧桐树，接着却发现院门外有站岗的日军。

她沿着家里的店铺一间间找，终于在河边不起眼的米铺里，找到了管家阿福。

"九个人呐！"阿福一见到惠玉就双膝跪地泣不成声。

她脸色苍白，身子晃了几晃，血从紧闭的双唇间滋滋渗出。

"信是你写的吧？"好久，她才蹦出这几个字。

"嗯，是老爷交代的。出事前也是老爷让我搬到米铺住，才留下我这条贱命。"

一年前，惠玉考上燕大。临行前的那个晚上，父亲和她谈了很久，并告诉她一个惊天秘密。这个秘密让她一下子长大了。

惠玉身披白麻跪在父母的坟茔前，发誓为他们报仇。

她交代阿福准备一条特殊的船，在米铺里等她。

半年后的一天，她和新四军的几个突击队员，乔装回城。

他们从米铺进入密道，密道通往父亲的书房。惠玉打开密室，里面保存着父亲早年为孙中山先生筹集的经费和一批国宝文物。他们将宝物藏进船的秘密底仓，并在司令部的重要位置，埋了炸药。

船离开时，连续剧烈的爆炸声响起。火光中，一只金色大鸟冲天而起。大鸟向他们飞过来，在船的上空盘旋几周后，飞入云霄。惠玉站立船头，双眼一直追随着大鸟。

情　网

都说今生的相遇，源于五百年前石桥上的一次回眸，而石桥又与谁缠绵了千年？

那座石桥，将铃儿最喜爱的姿势，保持了千年。

铃儿是一滴水珠，在桥的身边嬉戏时，发出风吹铃铛的声音，桥对她说："以后我就叫你铃儿吧。"

铃儿仰慕桥的伟岸，桥对铃儿说："有了你才有了我，我永远在你怀里。"

"你不想去看看大海的颜色吗？"桥问铃儿。

铃儿说："哥哥的胸膛就是铃儿的大海。"

他们就这样，耳鬓厮磨了五百年。

直到有一天，空中传来铃儿嘶哑的声音："哥哥，我一定会回来的。"铃儿被风魔带走了。

从此，桥从飘过的每一朵白云里寻觅铃儿的身影，从洒落的每一滴雨水里找寻风铃声。

就这样，桥守候了五百年。

铃儿被带到浩渺的苍穹，这五百年，她一直在找回家的路。

终于有一天，空中飘来铃儿的声音："哥哥，我回来了。"

桥喜极而泣，泪与铃儿融为一体。

邀

　　一次邂逅，月和泉有了相思和牵挂。虽然泉要守护老林子，只能垒石邀月，和水中的月儿呢喃，谁能说这不是世间最美好的情感？

　　月儿住海边，她喜欢赤足在海滩上，与浪花嬉戏，听海浪抒怀。

　　泉住长白山的老林子里，他迷恋天池，喜欢松吟鸟鸣。

　　有一天，月儿遇到了泉，彼此用眼眸照亮了对方。

　　月儿和泉从此有了牵挂。

　　一天，月儿给泉发了张图片，一轮圆月漂在海面上，海潮低吟着禅音。她是在邀泉与她相拥，她在等待泉的怀抱。

　　泉也给月儿发了一张图片，是山巅垒起的高高的石头。

　　月儿的脸粉了，故意问泉："你是垒石祈福吗？"泉答："我是垒石邀月。"

　　月儿说，这片海滩离不开她，这里的潮水鱼儿贝壳都离不开她。

　　泉说，他得守护着老林子，让小伙伴们有个安心的家。

　　每当流星划过，月儿就在想，是不是泉提着灯笼赶来了。

　　每到月满之时，泉就坐在垒石边，邀月对饮，一诉衷肠。

　　时光荏苒，月儿圆了又缺了。

　　月儿依旧徜徉在沙滩上，海浪里都是泉的声音。

　　泉总是喜欢坐在天池边，和水镜中的月儿说话。

偶 遇

偶遇有千万种，这又是哪一种呢？

午夜，下着毛毛雨，倒春寒刺骨地冷。

惠玉深夜归来，远远看见家里的灯光还亮着，加快了脚步。

突然，惠玉发现楼下垃圾箱里有个晃动的人影。

谁半夜捡垃圾？惠玉放慢脚步好奇地走近，发现是一位老妇人。

惠玉吃了一惊。月光下老妇人的脸很洁净，估摸着年有八旬，透着一种恬淡的气韵，是那种大户人家的女儿才有的气韵。老妇人戴了一双橡胶手套，用火钳在垃圾堆里扒拉着。

"老人家，怎么半夜捡垃圾？"惠玉关切地问道。

"儿子媳妇都下岗了，孙子在读高中，那点钱根本不够用。我白天出来捡，会抹了儿子媳妇的面子，晚上等他们都睡了，偷偷出来捡一点儿。这幢楼里住着的都是有钱人，有时真能捡到好东西。上次捡了件运动衫，还是名牌，洗洗干净给孙子穿了，像新的一样。"

"儿子媳妇年纪不算大，应该再找一份工作啊。"

"儿子憨实，媳妇爱面子，原来都在国营厂里好好的，唉。"

"下着雨呢，快回家吧，生病了可怎么办？我一个学生开了家家政公司，让你儿子媳妇去找他，凭自己的劳动挣钱不丢人。"

惠玉从包里找出一张名片，在上面写了一行字。又从钱包里找出两百元钱，连同名片和手里的伞一起递给老妇人。

之后，惠玉就时常惦记着楼下的垃圾箱，站在窗口，有意无意地巡视，老妇人再也没有出现过，就像她从未出现过一样。

十年过去了，老妇人的脸还在惠玉的眼前晃悠。有时，惠玉真的以为那一场偶遇，是幻觉。

我要去北京

阿旺婆刚摆脱轮椅，就嚷着要去北京，让子女们很纠结。是什么样的情结让平日里很随意的阿旺婆，如此执拗呢。

阿旺婆试着脱离拐杖，独立行走。院子里有一雌一雄两棵银杏树，雌树枝丫繁茂，上面挂满了沉甸甸的果子，雄树高大挺拔。树叶已经黄中透红，一阵微风就能让它们在空中翩翩起舞。

阿旺婆眼睛一亮，看见阿旺老爹在树上摘白果。阿旺婆一步迈开，身子晃了几晃，揉揉眼，却只有树叶婆娑。阿旺婆猛地一个激灵，心中一念再也挥之不去。恰好长孙来看她，她让长孙把她的几个儿女都叫回来，她有话说。

今年是阿旺婆的本命年，骨折了两次，前一次让阿旺婆在床上躺了两个月，后一次差点儿要了她的命。后一次骨折后做了一个大手术，严重心衰的阿旺婆，差一点儿再也没有醒来。

"本命年坎儿多，跨过去就好了。""这一年您就安安静静地歇着，啥也别干，躲过劫难就好了。"来看望阿旺婆的亲友们都这样宽慰她。

阿旺婆今年85岁，对本命年忌讳莫深。上一个本命年，她毫无前兆的脑出血加心衰，在医院住了两个多月，前半个月连家里人都不认识，医院里下了多次病危通知书，在奈何桥上走了几遭。

阿旺婆有五个孩子，老大老三老四是儿子，老二老幺是女儿。

晚饭前，像过节一样，儿女们都来了。先到的问阿旺婆有什么事，阿旺婆不肯说，要等大家到齐了再说。大家都很奇怪，做着各种猜测，一时间，夕阳下的农舍笼罩着一种神秘的气氛。

阿旺婆的农舍是三间平房，还是阿旺老爹健在时建造的。前院有两棵银杏树，屋后是一片旱竹园。每天天不亮，树上的鸟儿就叽叽喳喳叫个不停。阿旺婆不肯跟儿女们进城，说一进城就睡不踏实。

阿旺婆的五个子女都到齐了，像开家庭会议一样围桌而坐。

"妈，大家都来了，有什么事您可以说了。"老大首先开了口。

阿旺婆镇定了一会儿，说："我要去北京。"

此言一出，大家全蒙了。

"我的老妈，您这唱的哪出戏啊，这一年我都被您折腾得快残废了。您这腿刚能下地，怎么去北京？"心直口快的老二，首先反对。这两次骨折，老二照顾的时间最长。

"妈，前几年我好几次都说陪你去北京看看，你总说不去，今儿个是怎么啦？明年我陪你去，明年你的腿也好利索了。"老三马上接了老二的话。

"妈，家里待闷了想出去玩，我陪你就近玩玩，陪你去杭州玩好不？杭州现在真的很漂亮。"老四说。

"我哪里也不想去，就想去北京，去过了我心里就踏实了，听说上海到北京的高铁只要四个小时。"阿旺婆说得很坚决。

"我老妈是耳聪目明与时俱进呢，连坐高铁几个小时都知道。"老幺伸出舌头做了个鬼脸。

阿旺婆是出了名的好脾气，像面团捏出来的弥勒佛，整天笑嘻嘻的，手脚闲不住，生活上很随意，今儿个这是怎么啦？

阿旺婆再也不肯多说一句话，好像五个子女的七嘴八舌和她没有关系。

五个人拗不过阿旺婆，经过商议后决定，费用大家分摊，由老大和老幺陪着阿旺婆去北京。老大是大家的主心骨，老幺年轻，时髦的东西都会。而且是说去就去，再晚去，北京不仅冷而且风沙大。

第三天，阿旺婆就站到了天安门城楼上，是老大背上城楼的。老大背阿旺婆上城楼的时候，很多人主动驻足避让行注目礼，都说这个阿婆好福气。

在天安门城楼上，阿旺婆从怀里掏出两枚毛主席的像章和一张黑白老照片，照片放在一个证件夹子里，用一根蓝色带子挂在脖子上，是当年阿旺老爹当上劳模的时候照的。阿旺婆把一枚像章别在自己胸前，一枚挂在蓝丝带上，喊老幺给她拍照。兄妹俩鼻子一酸。

"老头子，你托我的事，都快过去三十年了，今天总算办到了。前些年，儿女们都忙生计，我一直没好意思说，再不来，我怕要负你所托了。"阿旺婆抚摸阿旺老爹的照片，絮絮叨叨。

阿旺老爹走的时候也是秋天。最后的那些日子里，总是念叨没能去北京看看毛主席，没能摸一摸人民英雄纪念碑，没能登上天安门城楼看看天安门广场，他嘱托阿旺婆替他看一眼。

"老头子，你真没有福气，日子刚刚好起来，你就撇下我们走了，现在到北京可真方便，在一间房子里待几个小时就到了，这些年的变化说给你听都怕你不相信呢。"阿旺婆既像是对阿旺老爹说，又像是对自己说。

"老头子，心愿已了，以后的每一天都是赚的，等我来了，好好说给你听。"说着说着，阿旺婆哽咽起来。

"这位兄弟，请帮我们拍张合影。"老大把手机递给一名游客说。

"来，一起看我这里，笑一笑，好。"

杜老汉的新工作

杜老汉自诩的新工作，和"狗屎"有关，还干得水深火热……

杜老汉急匆匆地推车出门。

"老头子，你老说胃疼，饭吃得这么快，胃哪里受得了？退休了也不肯消停。"老伴看着桌上没动几筷子的菜，动也没动的一小盅酒，朝杜老汉埋怨道。

"老太婆，明天晚饭我们早点吃，今天晚了点，你就一个人慢慢吃吧。"他的话，老伴只听到一半，另一半被电梯卷走了。

杜老汉快速推着车，来到离家不远的湖滨公园。他推的车，与其叫车不如叫装了轮子的箱子，是老汉自己设计，找人用方管和不锈钢板焊接的。箱子上套了一个很结实的大垃圾袋，外侧有几个挂钩，挂了两件特制的工具。

疾步赶到公园后，他放慢了脚步。这时，有几个人主动跑上前喊他杜师傅，然后取下挂着的工具，将草坪上刚拉的狗便夹起来，放进大垃圾袋里。

杜老汉自诩这是他的新工作。他对自己的这个创意很满意，一想起半个月前的那场争执，他就觉得像喝过三两酒一样的爽快。

那天傍晚，湖滨公园和往常一样热闹，有许多宠物狗在草坪上嬉戏。他一双鹰一般的眼睛，盯着狗狗们的屁股。这时，一只像熊一样的长毛大家伙在草坪上后肢半蹲，正在排便，一对年轻人远远地边玩手机边等着。

狗拉完，绕着狗屎堆转了一圈后跑到年轻人面前撒欢，随后他们准备离开。

"慢着。"杜老汉推着车抢了过来，说，"年轻人，你们得把狗便清理掉。"年轻人回头和他对峙。

"我给你们准备了工具。"杜老汉补充道。

"这个老头真是多管闲事，别理他。"年轻女孩嘟哝了一句，要拉男子走。

杜老汉猛跨几大步拦住了他们。

"你是公园管理员？"

"不是。"

"你是环保局的？"

"不是。"

"那你凭什么管狗拉屎？相不相信我揍你。"男子向他挥动着拳头说。

"就凭几天前我的小孙女在公园里踩到了一堆狗屎。"杜老汉毫不示弱。

他们的争吵声引来了一群人围观，大家七嘴八舌。

男子看围上来好多人，就掏出一张百元大钞，扔向杜老汉，说："你不就是想哗众取宠诈点钱吗？这一百元作为狗屎清理费够了吧。"说完，要拉女孩离开。

"你给我站住。谁要你的钱，我只给你提供工具，狗屎必须你自己清理，那是你的责任，谁都一样。"

"对！要他自己清理。"有好多人大声附和。

僵持了一段时间后，年轻人终于自己动手清理了狗屎。

这件事，大大地鼓舞了杜老汉。当他推着车在公园里来回巡视的时候，有好多人主动跟他打招呼，让他心里热乎乎的。

又一天傍晚，一对中年夫妻带着他们的狗儿子出来溜达，狗儿子又习惯性地在老地方排便。拉完后，他们就等在那里，搜寻杜老汉的身影，可是，等了好一会儿也没听到熟悉的轮子声音，正当他们有些失望准备离去的时候，远远地看见一位老妇人推着他们熟悉的车过来了。

"您是？杜师傅呢？"

"我是他老伴，他崴了脚，叫我替他几天。"

干　娘

　　特殊岁月里，演绎着执着的爱情，不得不割舍的亲情。如今，对承诺的坚守，使母子相见不能相认。这种种酸楚，都随着一声"干娘"和一声"哎"融化在风里。

　　"大侄子，婶子求你去宝森说个情，婶子想去宝森做保洁员。"翠婶把一条香烟塞给村主任说。这几句话翠婶想了好多遍，背了好多遍，说的时候，还是有点磕磕巴巴的。

　　"翠婶，你这是做啥子呢？你都这把年纪了，又不是生活困难，你图个啥？"

　　"田地都承包给宝森了，闲在家里闷得慌，搞搞卫生我能行。"翠婶低下头摆弄起自己的衣角，她眼神有点飘忽，不敢看村主任，生怕被人洞悉了她的秘密。

　　"翠婶，你年纪大了点，我帮你去说下试试，你等我的消息。"村主任推辞几下后，收下了香烟。

　　"老头子，今天看到我们的儿啦，儿长得精神，大家都叫他徐总工，说他是专家，身边带好几个徒弟呢。"第一天下班回家，脚还没进家门，翠婶就朝老头子嚷嚷，两眼笑成了一条缝。

　　"老婆子你小点声。我不让你去你偏要去，大家都知道我们的儿出生时就没了，你不要搞出事情来。"

　　"只要能远远地看看我儿，能听听他说话的声音我就知足了。听说儿媳妇孙子都在省城，我儿他一个人到宝森来，说为乡亲们做好事，他得尽份力，他是给宝森带徒弟来的。"翠婶的话像爆炒豆子一样停不下来。

　　"要是能听我儿叫我一声娘，我死也闭眼了。"说着说着，翠婶忽然呜呜地抽泣起来。

　　"孩子已经送人了，我们不能不守信用。孩子要是留在家里，连中学都没得上，别说考上大学了。"老头子磕着烟袋幽幽地说。

　　翠婶渐渐止住了哭声。

　　四十年前的那个细雨天，翠花撬开窗户逃出家，在后山松林里为蔗农解开了衣裳。

　　蔗农别过脸去，说自己戴着地主帽子，翠花跟了他会受苦。翠花从后面抱紧蔗农。

　　一身泥水的翠花回到家时，正好有媒人在家里，她说，她已经是蔗农的人了，非蔗农不嫁。翠花爸捶胸顿足操起扫帚追着翠花打，翠花妈护住翠花号啕大哭。

　　蔗农跪瓦片，戴高帽子游街。当他要被公安带走的时候，翠花手持剪刀赶到。

　　没有婚礼，没有祝福，翠花爸宣称和翠花断绝父女关系。

　　"不要啊，不要……"翠花在梦中惊恐地喊，蔗农摇醒翠花搂进怀里。翠花哭着说，她梦见儿子戴着高帽子，挂着牌子游街，他还那么小，一群孩子跟在后面朝他扔东西。

　　蔗农搂紧翠花说："最好能生个女儿，可以少受一点罪。"停了一会又说，"是个男孩就送人吧，我不想我们的儿子和我一样遭罪。我打听到东山坳有户姓徐的贫农，夫妻为人厚道，结婚多年没孩子，东山坳不远，也就二十几里地。"

　　翠花哭得更伤心了。

　　一个男孩的哭声被紧闭的门窗锁在屋里。蔗农给孩子取名徐新生，第三天夜里，蔗农把包着孩子的包袱放到东山坳徐家门口，旁边系了一个红布袋，布袋里是婴儿的两身衣服，一张纸条和几十元钱。纸条上写了孩子的生辰和名字，求收养和永不相认的承诺。

　　蔗农守在暗处，向窗户里投了一把卷成团的茅草，看到孩子被抱进屋后，蔗农瘫坐在地上，任眼泪像开了闸的洪水。

　　翠花的拳头雨点般打在蔗农身上，翠花打累了就用手掐，掐得蔗农全身青一块紫一块的。

　　"今天外面这么冷，你就睡在里屋吧。"翠花看蔗农抱着铺盖卷朝外面走，心疼地说。

"不了，我怕管不住自己又让你怀上了。"蔗农迟疑了一下，一边说一边带上了房门，到工具间搭了一个临时铺。

得知新生考上大学的那天，蔗农和翠花破天荒地在院里的葡萄架下对饮，哭哭笑笑闹腾了半宿。不会喝酒的翠花，喝得烂醉如泥。

渐渐地，新生从他们的视线里消失了。渐渐地，翠花变成了翠婶，直到有一天获悉宝森来了个叫徐新生的总工。

徐新生感应到后背有一双痴痴的目光。

这一日，和平常一样，翠婶喜滋滋地整理着新生的宿舍，把脸埋进新生的汗衫里摩挲。天突然黑了下来，眼看着要下暴雨，翠婶从窗口老远地看见新生他们还在鱼塘那里忙，她急忙抓起几把平常收捡的雨伞，一路小跑地送去。

田埂上，奔跑的新生和翠婶在快速地靠近，突然，翠婶身子晃了几晃，新生一个箭步冲过去将翠婶扶住。

翠婶的泪和汗淌在了一起，颤声说："我要是有你这么个儿子就好了。"

"我认您做干娘吧。"新生抱紧翠婶说。

"干娘……"

"哎……"

守树人

有人煽风点火，说年年祭拜老梨树，梨的精气都被老梨树吸走了，有老梨树在，那些新栽培的梨树就结不出好吃的果子来，只有把老梨树砍了，散了它的精气，其他的梨树才有灵气。

云上村，村中心有一棵不知道年岁的老梨树，一位老人会时常坐在树下，握着并没有点燃的烟斗，和老梨树唠唠叨叨。

后山坡有大片的梨园，到处是兴奋忙碌的摘梨人。虽然还没有到往年采摘的日子，可二狗子家三天前就摘了梨，一下子从网上都卖了出去，价钱又好，这消息就像长了翅膀。近几年农科所帮村民嫁接培育了大片新梨园，产量一下子翻了几倍，都怕摘迟了卖不出去，卖不到好价钱，这不哗啦啦的一下子，全村的人都出动了。

一边是热火朝天地摘梨场面，一边是依然安静的老梨树。远远地听到一群调皮孩子的嬉笑，他们在那棵老树下，拿着竹竿要去戳树上碗大的梨。老人赶过来凶巴巴地拿着扫帚撵。还没有等老人走近，孩子们又已经嘻嘻哈哈地跑开了，看得出这群孩子经常这么做。老人一边赶一边骂道，梨都还没长熟，你们就想来糟蹋，天理都不容。孩子们站在远处做鬼脸，笑话老人这么精巴地守着这么一棵老梨树，村里现在到处都是梨，不稀罕。老人看着掉落地上的梨和枝枝丫丫，心口疼。

屋角拐出一个一袭白裙的女孩，那是老头的孙女，小孩子们才撒开丫子跑远了。孙女扶老人坐到树下。老人望着老树，长叹道："梨还没熟就摘来卖，就像孩子还没长齐全，就开膛破肚取娃，能好？真是想钱想疯了，作孽啊！"

"瑛，还记得小时候爷爷给你讲的这棵老梨树的故事吗？"

"当然记得！"瑛回着爷爷的话。从前，有个年轻的后生，在这棵梨树下遇到两位天仙般的姑娘，后生心心念念每天到这里守候。突然有一天，地上冒出一棵小树苗，转眼间就梨花漫天，后生这才明白那天遇到的是梨花仙子。传说有人看见仙子曾现身与后生厮守，后生从此在此筑一茅舍守候一生。后来村里不少人染上了肺结核，眼看着一天天严重，这棵往年只开花不结果的梨树，突然间挂满了硕果，清香扑鼻，甜润可口，染病的人吃上梨不几日就好了。从此这棵梨树就成了云上村的神树，年年焚香祭拜。神树不负众望，年年硕果累累，还不时从旁边冒出些小树苗，大家争着移栽到自家的房前屋后，云上村每户人家的院子里几乎都有梨树。

情况急转直下，购物网站上响起一片吐槽声，有取消订单的，有要求退货的……一箱箱雪梨堆成了小山，卖不出去了。

小瑛四年的大学生活刚刚结束，在大城市找到一份不错的工作，准备回家陪几天爷爷就去入职。这场风波让她辗转难眠，她预感到有事情要发生，决定暂时留下来。

大批积压的梨让村民躁动不安，一点点火星都会爆炸。有人煽风点火，说年年祭拜，梨的精气都被老梨树吸走了，有老梨树在，那些新栽培的梨树就结不出好吃的果子来，只有把老梨树砍了，散了它的精气，其他的梨树才有灵气，才能结出高品质的梨来。

一帮半信半疑的村民闹到老梨树下，七嘴八舌，越说越玄乎。"你们都忘了祖宗啦！这棵老梨树可是我们云上村的魂啊！"老爷子气急了，一边大骂，一边拿一把铁锹跟一伙人对峙。小瑛赶来，横在两方之间，想将大伙儿劝退回去。正僵持间，两个农科所的工作人员赶到，村民们在工作人员的劝说下，总算放弃了报复老梨树的想法。

原来小瑛感到事态严重，及时给农业局发了封求助邮件，他们收到邮件就立即赶来了。

通过这场风波，大家认识到顺应自然才是硬道理。于是共同制定了村规，明确保护老梨树是每个云上村人的责任，同时每年适时举办采梨节，规定过了采梨节才可以采摘。

又是一年丰收季，云上村举办了热热闹闹的采梨节，首先是祭拜老梨树，由老人主持祭拜仪式，他像一下子年轻了二十岁。老梨树下新建了护栏，树枝上挂满了飘飘扬扬的祈福飘带，老梨树枝叶繁茂，果实累累。

春风习习，树下，老人手握烟斗又和老梨树唠叨上了。

一张全家福

　　一场突如其来的灾难，让小雨成了孤儿，在养父母的关爱下，一张四尺全家福，使小雨对失去亲人的伤痛得以宣泄。

　　又到了该睡觉的时间。小雨分类整理好明日上交的各科作业，调暗了书写台灯的光亮。接着，她蹑手蹑脚地摊开一张 A3 纸，捉笔凝思。

　　"妈妈。"妈妈笑着向小雨走来。小雨笑了，脸上挂着泪。小雨开始用铅笔画妈妈的脸部轮廓。今天，有美术课，老师讲了素描的基本构图，光线的明暗。课后，小雨跟在美术老师后面走了好一会儿，想问老师如何画人物，终于还是没有问。同桌秀云说，画人物最难，她从幼儿园开始就去培训机构学习绘画，一直没有间断过，画水彩还马虎，画真实的人，没敢试过。

　　画画修修，修修画画。小雨盯着自己笔下的妈妈看了好一会儿，又贴在脸上捂了好一会儿，在画稿的右下角标了"469"，又写了日期，然后将画稿藏进床底下的一个整理箱。

　　清晨的校门前，各色小车占据了路面，小雨坐在电动车后，穿行在车缝里。小雨下了电动车后正了正后背的书包，转身朝养母挥挥手后走进校园。小雨读七年级，她看爸妈这么辛苦想自己骑自行车到学校，可养父母没同意，说现在的交通状况，实在让人放心不下。

　　小时候的事，小雨只模糊地记得她来这个江南县城是小学一年级，是坐飞机来的。小雨听养母说，见到小雨的时候，她呆呆地不肯说一句话，眼睛直勾勾的，像是盯着一个地方看又像是什么都没有看。只有上飞机的那一刻，眼神才活泛了一下。到了养父母家，她不肯出门，不肯上学，常常蜷缩在角落里发抖。养母辞去工作在家里陪着她。有一天，忽然间乌云压顶，瞬间狂风大作，豆大的雨点砸在窗户玻璃上啪啪作响。小雨突然冲出家门，发疯一样在雨里奔跑，一边跑一边大声地喊爸爸妈妈。养母反应过来，冒雨追了出去。找到小雨时，小雨浑身湿透，靠在河边的一棵柳树上瑟瑟发抖。养母将小雨揽入怀里，两人抱头痛哭。小雨得了肺炎，迷迷糊糊发了几天高烧，退烧后有许多事不记得了。小雨迷迷糊糊地睁开眼时，养母正守在床前握住小雨的手，小雨第一次开口叫养母妈妈。

小雨说她在雨中见到爸爸妈妈爷爷奶奶了，他们住在彩虹里，叫她做个乖孩子，要好好读书，听养父母的话，他们一直都在看着她。小雨出院后就要求去学校。之后，小雨一直很乖巧，学习也很出色。小雨的表现让养父母倍感欣慰。

小雨想学画人物。在她小学三年级的时候，去培训机构学过一年绘画，是些简单的卡通构图，然后填色，和她想学的不一样，之后就放弃了。

上了中学之后，小雨对人物素描着了迷。有时候，在课堂上也会对着老师在下面偷偷画。小雨觉得，语文老师有点像她的妈妈，上语文课的时候就时常走神，在下面偷偷画老师。语文老师发现后找小雨谈心，小雨一开始不肯说出缘由，差点被老师误解，后来老师知道了原因，要认小雨做干女儿。于是，小雨在学校里，又有了一位妈妈。

养母发现了小雨藏在床底下的整理箱。里面放着四百多张大小不一的画稿，都是人像，有单人的，有两个人的，三个人的，四五个人的。每张都有编号，显然是后来才编号的，编号的字比原稿上的字明显老练。养母按照编号顺序一张张地翻看，排在前面的画很幼稚，脑袋很小，身子很长，线条歪歪扭扭的，画的基本上都是三个人，一个扎辫子的小女孩在爸妈中间，牵着手，有花草，有太阳还有云朵。再后来，就有些变化，画一个女人的最多，应该是小雨的妈妈，慢慢地接近了人像素描。这些画，有些地方糊了……看着看着，养母的泪水禁不住滴在了画稿上。

这孩子心里苦还不想让我们知道。她连亲人的一张照片都没有，她不断地画，是不想忘记爸爸妈妈爷爷奶奶长什么样，画不出她心里的样子，一定很苦的，再画不出来，只怕要记不清他们长什么样了。养母将小雨的画全部铺开，把丈夫叫回家。

小雨生日那天，家里来了一位特殊的客人，一位满头银丝擅长人物画的老画家，是小雨的养父母经过多方打听找到的。老画家听了小雨的故事，免费收小雨为徒。这一晚，小雨抱着枕头，痛痛快快地哭了很久。

像，这一家人画得真像。三年之后，汶川大地震纪念馆里，一幅四尺全家福吸引了众多人的目光。

一念之差

　　赵婶不忍心杀身怀六甲的黑鱼，偷偷放生到自己家的鱼塘里，结果把鱼塘里的鱼都祸害了，觉得自己造了孽。受启发想如法炮制报复屡屡欺负自己的邻居，最终还是放弃了。都是一念之差，却差之千里。

　　"真是奇了怪了！"赵老汉嘟囔着，叼着没点着的烟袋，团团转。他脚穿一双大雨靴，土黄色的卫裤高高翻起，原本瘦小的个子加上驼了背，样子有点滑稽。

　　知道赵老汉家今天起塘抓鱼，围了好多看热闹的人。

　　赵婶来送茶，看这情形，慌了神。赵婶肤白微胖，长得慈眉善目的，像面团捏成的弥勒佛。有人打趣赵老汉说"鲜花插在了牛粪上"，赵老汉就嘿嘿地说："那你把自己的婆娘也养成一朵鲜花试试？"

　　每年春上，赵老汉都会买一些草鱼、鲢鱼、鲫鱼等鱼苗放进鱼塘，春节前总能收获几百上千斤鱼。

　　谁家起塘抓鱼都好比过节一样热闹。主人家抓过一遍后，会留下一些小杂鱼，让村民们抓去尝尝鲜。鱼塘的大部分见了底，还见不到鱼，来看热闹的、等着抓鱼的大人孩子，有的唏嘘，有的惋惜，有的说水里肯定有妖怪把鱼吃了，还有人舞动着眉眼看笑话。难得有件稀罕事，大家都很兴奋

　　赵老汉接过赵婶递上的大碗茶，咕嘟咕嘟几大口。他用衣袖抹一下嘴，喘着粗气说："真是见了鬼了。"

　　"这也太奇怪了。"赵婶嘟囔道。她有一种不祥的预感，心里七上八下的。

　　"大家看那是什么？"不知道是谁喊了一声，大家齐刷刷把眼睛盯向水塘中心，那里渐渐露出黑乎乎的一团影子。最中间是个老坑，比其他地方深一些。

赵老汉深一脚浅一脚地去查看，几个热心人，也赤脚下到冰冷的泥塘了，想看个究竟。

是黑鱼，每条有三四斤重，足有几十条，静静地卧在老坑里。

"原来是你们祸害了我的鱼。"赵老汉抓住其中一条，这黑鱼力气忒大，尾巴一甩又滑进水里，弄了赵老汉一身的泥水。

赵婶得知鱼塘里除了几十条黑鱼，啥鱼都没有了，清楚怎么回事了。

去年初夏，赵婶的弟弟拎着两条黑鱼来看赵婶，说是来的路上在一条小河沟碰上抓的。其中一条鱼，肚子鼓鼓的，赵婶不忍宰杀，偷偷放生到自己家的鱼塘里。赵婶不敢对赵老汉说实话。

黑鱼之事赵老汉怎么也想不通，常坐门槛上抽闷烟。一年的心血啊！自己从来就没有放过黑鱼苗，哪里来的程咬金？难道是看他眼红的人暗地里使坏？

罪过罪过。赵婶这晚半夜惊醒后直喊罪过，她梦见黑鱼张大嘴巴追小鱼。赵老汉问赵婶啥事，赵婶只说是做了个噩梦。赵婶心神不宁。

赵老汉因为黑鱼的事情上了火，闹牙疼。赵婶有只养了五年的老鸭叫阿花，打算炖了给赵老汉补补身子去去心头火。赵婶找阿花时，突然发现总是跟在她脚后跟讨食的阿花不见了，问赵老汉见阿花了没有，赵老汉说有好长时间没见到阿花了，赵婶顿感不妙。

赵婶找阿花找到了李家屋后，发现一堆鸭毛，赵婶在鸭毛里拨拉出她吊在阿花脚上做记号的花布条。

"你们也太欺负人了吧！"赵婶手指着李家婆娘浑身发抖。

"你家丢了鸭子就赖我们啊？鸭子是我在集市上买的。"李家婆娘的声音比赵婶高几倍。

李家婆娘是个不好惹的厉害角色，赵老汉听见两个女人的吵架声，急忙赶来拽老伴回家。

"不就一只鸭子吗？你闹得过她？别气坏了身子。李家的大娃今年不是要考大学吗？给那娃补了也算是做了件好事。"赵老汉一边拽老伴儿一边说。

李家宅子在赵婶家屋后，李家婆娘爱贪便宜，赵婶家的鸡鸭跑到李家院子里就成他们的了，赵家种的菜也总是李家先尝。

这天，赵婶去赶集，恰逢有人卖黑鱼，肚子还挺大，赵婶想起自家鱼塘闹黑鱼的事，又想起李家婆娘那副嘴脸，狠狠心买了下来。

　　赵婶把黑鱼藏在菜篮子里，悄悄来到李家的鱼塘边，刚想把黑鱼放进鱼塘，恰巧有人路过和她打招呼，赵婶急忙提着篮子慌慌张张地离开。

　　黑鱼在篮子里闹腾。赵婶怕黑鱼死了，把篮子浸到附近的小河里，紧张地等待时机。

　　附近终于没人了。赵婶抓起竹篮，用毛巾盖好鱼。李家两个娃还指着养鱼的钱上学呢！此念一闪，赵婶的脚像灌了铅。

　　"你在河边做什么？"是赵老汉找了过来。赵婶一惊，看了看李家鱼塘，叹了口气说："算了。"

　　赵婶提着空篮子，长长地舒了一口气。

女闺蜜

是选择做一个怨妇，还是活出自己的精彩，幸福的钥匙就掌握在你自己的手里。

周末的午后，春妮和秀梅又相约在雅居轩喝茶。

春妮和秀梅是中学同桌，毕业后失去联系，两年前意外相逢，才知道住在同一个城市。

秀梅进来的时候让春妮眼睛一亮。秀梅穿一件亚麻天青色碎花连衣裙，外着一件浅藕色风衣，再配一条浅藕色绣花丝巾，一双中高皮靴，过肩的大波浪卷发，都是当下最流行的款式。

春妮从头到脚地欣赏秀梅，就像是欣赏自己的一幅画作。

两人要了一壶普洱。当氤氲的茶雾升起来，春妮开始笑着打趣秀梅，说秀梅的皮肤更细腻了，身材更苗条了……一定是有花头了。

"哪有啊！你别瞎猜。"秀梅很享受春妮的夸赞，脸上飞起了两朵红霞。

"还说没有？看你脸都红了，这回该轮到他紧张你了吧。"春妮继续调侃秀梅。

春妮清楚地记得两年前在超市门前见到秀梅时的情形。春妮当时愣了一下，很难把眼前臃肿的秀梅和曾经是林黛玉般貌美的班花联系起来。

巧遇那天春妮要赶着参加一个研讨会，两人匆匆聊了几句就相约第三天一起喝茶细聊。毕业后二十年未见，有太多的话想说。雅居轩茶室在春妮居住的小区附近，第三天，春妮定下包厢后打电话约秀梅过来。

那天，秀梅上穿一件宽松 T 恤，下穿藏青牛仔裤，脚穿中跟黑色皮鞋，都是临出门时特意换的。

"快说说，这些年过得怎么样？"秀梅刚一坐下，春妮就急切地问道。

"这些年活得太压抑了，要不是为了女儿，早离婚了。"秀梅一开口一串眼泪就挂了下来。

春妮的心猛地一抽。她没有说话，在茶台上抽了两张餐巾纸递给秀梅。

"生孩子时婆婆嫌我生了个女孩，什么也不管，我只好回娘家坐月子。那天，我突然就想回自己家了，我在乡下，打电话写信都不方便，我就直接回家想给他一个惊喜，回到家发现，阳台上晾着别的女人的内衣。"秀梅每吐一个字，都很费力，说完这几句话，整个人都虚脱了，她斜靠在沙发上，任泪水肆意流淌。

空气一下子凝固了。春妮攥紧了拳头。

"那后来呢？"长时间沉默后春妮继续问。

"他说是那个女孩主动的，他一时没有把持住，他已经和女孩断绝关系，求我原谅他。我一想到他们在我们的婚床上滚在一起，就想吐，叫我怎么原谅？我带女儿睡到小房间。我们分房睡了五年，直到我们搬来这里。那些年离婚的决心下了无数次，可看着一天天长大的女儿和他那么亲，就什么也做不了。"

"看他对女儿挺上心的，我慢慢地接纳了他。可我一直怀疑他和那个女的藕断丝连。现在女儿上高中，除了忍着我还能怎么办？"

"女儿一上大学，我就搬出去住，我和他一天也说不上三句话，再这样下去，我会疯掉的。"秀梅任由泪水流进嘴里，苦涩着。

春妮给秀梅添了点热水，思考着如何才能安慰同桌。

"你不用安慰我，这些话憋在心里这么多年无人诉说，今天能倒出来，轻松多了。"秀梅喝了一口热茶幽幽地说。

"你听我说，都这个年纪了，离婚不是解决问题的办法，只有活出自己的精彩来，让他为你紧张，这样你的心结也许就解开了。"春妮盯着秀梅红肿的眼睛说。

那以后，春妮常约秀梅打球、游泳、K歌、旅行，参加朋友们的各种聚会。秀梅的变化和散发出来的热情让春妮感到惊讶，秀梅脱胎换骨，体重减掉二十斤，重塑成窈窕淑女。

"见好就收吧，别假戏真做，把自己陷进去了。他的马屁都拍到我这里啦。"春妮盯着秀梅脸上的两朵红云，朝秀梅做了一个释怀的手势。

"我的那些年真是白活了。"秀梅没有接春妮的话题往下说，脱口说了这么一句。春妮心想，秀梅真有故事发生了。

春妮朝秀梅做了一个鬼脸，拿出一本朋友刚赠送的诗集，挑出一些爱情诗，故意嗲声嗲气地朗诵起来。

终于，秀梅放下了手里的电话，一脸满足地甜笑着。

"是谁？"春妮忍不住问。

"你见过的，我们一起吃过饭。我不能说得太明，怕对他有影响。"过了一会儿，秀梅没忍住又说："他这几天出差去新疆了，短信是从新疆发来的。"

春妮心头一震，是他？那个天天给她写情诗的他？昨晚给春妮发信息说，他在尽情享受自由的空气和草原的芬芳，向往着和春妮一起看草原的日出和落霞。

"是不是姓朱的？你们走到哪一步了？"春妮下意识地追问。

秀梅默认了姓朱，又强调说："不是你想的那样，我和他只单独喝过一次茶。"春妮冲到嗓子眼的心总算落回肚子里。

不能让秀梅继续陷进去了。春妮给朱发了一条信息，说："正在和秀梅一起喝茶……"

半年后，春妮和秀梅又相约雅居轩喝茶聊天。秀梅穿了一双舒适的平底鞋，搭配的是挺文艺的休闲装。秀梅的话题里常常扯出她老公，但语境和内容都变得平常了。秀梅还说朱是个真君子，受朱的影响她开始写诗歌。

人性最美是善良

这是一个真实的故事，除了主人公的名字，再也不敢做一丝的虚构，只有这样，才是对人性美最深刻地诠释，对逝者最大的尊重。

感觉大楼要扑向自己，感觉呼吸不畅，耳边炸响那句含糊不清的"对不起"，心隐隐作痛。Z女士每次经过那幢大楼，都会内心震荡。

时间再次被Z女士拉回到十六年前那个夏天的晚上。

晚上十一点多，已经就寝的Z女士被一阵急促的电话铃声惊醒，电话里是长青急切还带点结巴的声音。

"不好了，我的一个小工从楼梯上摔下来了，人昏过去了，我们已经将他送到人民医院，我们身上钱不够。"

"是谁？让医生立刻抢救，我马上过来。"Z女士急切地说。

"刚来没几天，你还没见过，在急救室。"

Z女士从保险箱里取出一万元现金，二十分钟后赶到急救室。

见急救室的床上躺着一个人，周围站着长青他们。Z女士上前握住伤者的手。

"老吴你快醒醒，你不是想见老板吗，她来啦。"长青摇晃着老吴说。

老吴微微睁开眼，含糊不清地说："对不起，是我自己不小心。"又昏了过去，Z女士哽咽了。

抢救持续了两个多小时，可是老吴再也没有醒来。

长青说，老吴还清醒的时候特别交代我们，听说老板是个大好人，是我自己不小心，万一我有什么事，一定不要为难她。

"家里人通知到了吗？"Z女士问长青。

"我打电话回去让我老婆去叫，回话说老吴的老婆去了他女儿家，一时联系不上，他侄子在赶来的路上了。"

接着，Z女士询问长青事情的经过。

"你们住在二楼，半夜里在哪儿摔的？"

"难得今天收工早，大家都洗好了澡闲着，老吴说想去看场电影，大家都说好，我们七个人就一起去了，看的是八点半的那场，散场后回到工地十点半，想少走几步路，就摸索着走了前面那个旋转楼梯，结果回到房间开灯后发现少了老吴，拿了电筒回去找，发现老吴从半平台的三角形洞里掉下去了。真奇怪，这么大一个人掉下去，我们大家一点儿声音都没有听到，那个洞那么小，就是让你钻也不容易，不知道他是怎么掉下去的。"

"旋转楼梯不是入口有围栏不让走人的吗？"

"拦得马虎，一跨就过去了，不就是贪少走几步吗，谁能想到出这种事？"

"老吴是个老顽童，一天到晚说笑话，看电影回来快到的时候，他说怎么看这幢楼都像是灵堂，我们都叫他别瞎说，没想到几分钟后他居然莫名其妙地掉进那个小洞里了。"长青的助手小斌如是说。

难道冥冥之中注定要出事？Z女士急速地在脑中还原事件的整个过程。和长青一起的七个人都是一个村的，长青也算是小包工头。

"等会家里人来了千万别这样说，会寒心的。你们都是同村的，做好家属的工作，把人先送回去，你们先走一步，我去筹点钱，明天一早赶过来。"Z女士交代长青。

Z女士给总包单位的经理打了个电话，汇报了情况，问公司要不要派人来探望一下，协商善后。

经理说："公司出面事情会更复杂，想瞒报就不行了，你出面协商，费用按规定公司承担一半。"

老吴和妻子只有一个女儿，女儿嫁到另外一个村，妻子去了女儿家。母女都很憨厚，平时家里的事都是老吴做主。来医院的是老吴的侄子，侄子是他们村的村主任，侄子了解情况后，没做太多工作就同意送老吴回家，送走老吴时东方已露白。

第二天一早，Z女士赶到老吴家。老吴家是个独居小院，在河堤边。小院很整洁，屋前屋后还有河堤上都是翠竹，屋前的几垄菜地长得绿茵茵的。听说老吴很宠他老婆，活儿都是自己干，村里的人缘极好，整天乐呵呵的。他是家里的天，这样一个人怎么说没就没了呢？这突如其来的痛让这对母女如何承受？Z女士一想这些就会流泪，眼睛又红又肿。

灵堂前的这对母女哭肿了双眼，见到Z女士却只说了一句话："对不起，连累你了。"Z女士无言安慰。

善后事宜的协商很顺利。

不久，大楼的装修顺利完工，入住的人喜气洋洋。也许他们并不知道老吴的存在和消失，他悄悄地来悄悄地走，没有事故，没有报道，只有一颗善良的心，还活在熟悉他的人们的心里。

每次经过大楼，Z女士总会减速并摇下车窗玻璃。那含混的一句"对不起"会在空中炸响，有惊雷般的力量。

同心锁

为了在婚前挂一把同心锁祈福，大伟在途中出了意外，两年后，还是这把同心锁，唤醒了大伟的记忆。

"大伟，我还是想去嘛。"秀云盯着大伟的眼睛说。

"啥地方非得这个时候去？这几天事这么多，办完婚礼再去吧。"大伟搂一搂秀云说。

秀云和大伟一个月前领了证，一周后办婚礼。

"听说结婚前去那里祈福很灵的，来回最多两天时间，我要去挂一把同心锁，一辈子锁住你的心。"秀云满眼都是期待。

秀云说的那个地方叫松树湾，驱车三小时车程。

秀云神往的眼神让大伟无法拒绝。

驱车前往，两人一路欢歌。

秀云说的那个地方原来叫里坞，后来因为有延绵几公里的松树林，改叫松树湾了。松树林是 20 世纪 50 年代培育的，如今是高大挺拔，松涛延绵，成了乡村旅游的景点。

最吸引秀云的是一个坊间传说，被说得神乎其神，连千里之外的人也慕名而来。

松林深处有三间瓦房，深灰色土瓦，泥墙外原来粉刷的是白石灰，前些年被粉刷成黄色。20 世纪 70 年代，这里住着一对老夫妻和他们的独子徐根生。老先生中华人民共和国成立前是位师爷，躲避战乱来到里坞，与一位本地姑娘结婚后定居下来。老先生晚年得子，对根生是捧在手里怕摔了，含在口里怕化了。根生丰神俊朗，高中毕业成了松树湾的秀才，再后来，根生娶了新娘，老两口笑得合不拢嘴，就等着抱孙子。结婚三天后，小夫妻去娘家回门，从娘家返回时，逢洪水暴发，平时能走的石坝被淹，要摆渡船过河。载小夫妻的渡船在河中心翻了，十几个人被洪水卷走。在下游找到这对小夫妻时，两人紧紧搂抱在一起，根本无法将二人分开，只好将二人合葬在屋后的松林里。据目击者说，徐根生懂一些水性，他当时是能自救的，是他看见新娘子被洪水卷走，转身追新娘子了。老夫妻受不了这么沉重的打击，三个月后也双双离世，只相差三天。村民们将老夫妻合葬在小夫妻旁边。

都说葬着新老两对夫妻的树林阴气极重，还有传闻，说某某人听见三间瓦房里有说说笑笑的声音，走进里面查看，什么人也没有，七魂吓掉了六魄。说得活灵活现，胆小的人不敢走近那片松林，那三间瓦房几乎荒废倒塌。

后来有一个作家以这个故事为原型，大开脑洞创作了一篇小说，说两对夫妻原来都是爱情的守护神，与天上的神仙打赌，到人间来检验誓言的。松树湾开发乡村旅游后，有人发现了商机，修缮三间瓦房供了菩萨，于是，门前一颗大松树，被奉为神树，挂满了祈福的飘带。两座坟茔四周，架起铁索，挂着各种刻上名字的同心锁。

说来也怪，在这里挂了同心锁的，都婚姻幸福，相亲相爱，无一例外。说两个人的心一生都被锁在一起，再也不会背叛对方。这样一传十，十传百，大家都深信不疑。

大伟和秀云一起把刻上两个人名字的同心锁挂在沉甸甸的锁链上，然后紧紧地拥抱在一起。

从松树湾往回走时，大伟与秀云都沉浸在各自的感动中，十指紧紧相扣。

车子开出松树湾不久，遭遇一辆失控的农用车，大伟避让不及，车子翻进山沟。

大伟昏死过去，秀云尚存一点意识，摸到手机报警后，也晕了过去。

秀云第二天醒了过来。大伟则多处粉碎性骨折，重度昏迷着。

大伟重度昏迷了十七天，醒来时不记得自己是谁，不认识守在他床前的秀云。大伟像站在沙漠里，脑子里除了黄沙还是漫天的黄沙，他只朦胧地意识到，他有一个爱人，叫什么名、长什么样都不记得了。

大伟经过漫长的康复，两年后终于站了起来。这两年里，秀云辞去工作，一直陪在大伟身边细心照顾着。影集、录音光盘、结婚照，两人常去的公园、电影院、小饭馆……秀云想尽了各种办法，大伟依然没有恢复记忆。秀云在大伟眼里是可以依靠的亲人，像自己的姐姐或者妹妹，对秀云总是客客气气的。

"大伟，我们再去一次松树湾吧，那把同心锁或者事故现场或许能让你记起什么来。"秀云斟酌很久后，试探着对大伟说。

"同心锁！"一个悠远的声音隐隐约约地传来，还有在山谷回荡的声音。大伟的心颤动了一下。

当大伟在锁海里找到那把当年挂上去的同心锁时，泪水喷涌而出，他一把将秀云抱进怀里，两个人抱头痛哭。

川妹子

　　命运之手有时会很残忍,一瞬间把你拥有的幸福全部夺走。但是,
在你最绝望的时候,会给你新的希望,只要往前走就柳暗花明。

　　阴雨天,我坐了一整天颈椎僵硬难受,一下班就直奔我办了卡的那家盲人按
摩店。

　　赶上晚饭时间,熟悉的几个按摩师都正在吃晚饭,老板娘把一个四十岁上下
的陌生女子介绍给我,说她手艺很好。

　　让我觉得好奇的是,其他按摩师都是盲人,她不是。

　　我趴在按摩床上,细细体会一双外观柔弱却内力十足的手,在穴位上游走。
刚开始按摩不久,她就接了一个电话,约她去针灸的,她回话说,做完我的按摩
就过去,要对方在约定时间来接她。于是我就更好奇了,这个女人身上一定有不
寻常的故事。我怕对方认为我是个无聊的八婆,找了个很寻常的话题,开始小心
交流。

　　"小妹贵姓,来这里多久了?还习惯吧?"我试探地问。

　　"半年多了,这里人好,习惯。我姓李,重庆人,大家都叫我川妹子。"快
人快语,真是位爽快的辣妹子。

　　"重庆真的很美,我三年前去过,很想再去。"我接过话题。

　　"现在更漂亮了。"

　　我虽然看不到她说这话的眼神,听得出语气里充满着柔情。

　　"你会针灸,真不简单,学过中医?离开这么美的重庆,舍得啊?"我试着
问我想了解的故事。

　　"我是在市里长大的,要不是发生那么大的变故,我也不可能来这里。"

短暂的沉默，我没有继续问却在等待下文。

"我原来在一家康复医院工作，有两个女儿，孩子她爸开了家药店。他是郊区农村的，谈恋爱时我家里是坚决不同意，他人长得帅，性格又特别好，我不顾家里反对什么也没要就跟了他，那年我才二十一岁，直到孩子出生了才得到我爸妈的认同。"

她讲这些的时候，手也温柔起来。

"他是个不多见的好男人，除了守店，就是照顾我和孩子。我一半时间在医院，一半时间在店里，他从不自己一个人出去玩，要出去玩总是一家人。他不抽烟，不喝酒，不打麻将，对我爸妈很孝顺，后来连我爸妈也总是护着他。"

我迫不及待地想知道她的生活发生了什么变故，可我并没有打断她。

"他是老二，上有个姐姐，下有个妹妹，家里一个男孩子容易被宠坏，他不。他是到城里来打工时我们认识的。他家在农村条件不好，自己舍不得花钱，对爸妈却很孝顺。他爸身体一直都不怎么好，他妈七八年前中风脑出血，虽然捡回一条命，可是完全瘫在床上了。我们把他妈接过来住，两个人一起每天给她做两小时推拿，他妈慢慢地就好起来了，一年以后能下地自己走了，也算是奇迹。"

川妹子的普通话里带着川味，糯糯的，很好听。她停留了片刻，感觉好像牙齿打了个冷战，声音一下子被冻结了。

"那天上午十点多，我正在医院上班，接到药店隔壁的老王的电话，让我赶快赶去人民医院，说我老公病重，正在往医院赶。"

"我第一反应是以为他出了什么意外，早上出门看他还是好好的。"

"不知道是啥子病，他呼吸困难，看样子挺严重的。"老王电话里急促地说。老王和我老公关系好，像兄弟一样。

"到医院不久他就进了重症监护室，什么话都没有留下来，第三天人就没了，说是呼吸衰竭。"

"灾难来得太突然，天塌了，我除了哭还是哭。药店开不下去了，那里面全是他的影子，只好转了。

"白发人送黑发人，他爸妈一下子老得腰也直不起来了。

"我没办法正常上班，请了长假。大女儿上的是全封闭私立中学，住在学校，我带小女儿住到我自己爸妈那。家就这样子散了。

"这样子过了三年。我经常哭肿了眼睛，一整天都不说话。看我这个样子，爸妈和我哥替我着急，忙着托人给我介绍男朋友，希望我开始新生活。一开始我很抵触，心里放不下，有一天梦到我老公，他对我说，他照顾不了我们母女了，叫我找个好男人嫁了，他也安心了。随后经人介绍认识了现在的老张。

"老张也是我们老家人，耽误了没结婚。介绍认识那会，我讲明自己已经有两个女儿，岁数也大了，不想再要孩子了，他说不介意，说我这个年纪再生孩子会伤了身体，我的女儿就是他的女儿，对我两个女儿都很亲，我的两个女儿也没有排斥他，我们就领了证。领了证之后我们还每个月都给孩子的爷爷奶奶寄生活费。

"我让老张留在重庆，他没有同意。老张说在这里已经七八年了，有辆货车在跑运输，习惯在这里了，要我一起到这里来生活。

"我是上半年来的，觉得不错下半年把小女儿接来这边上小学了。他挣点钱也不容易，人多开销大，我就出来做份事，晚上生意忙，没时间管孩子的学习，都是老张在陪孩子做作业，孩子还是蛮听他的话的。"

说到这里，感觉她说话的语气甜蜜了许多。

"你大女儿的情况呢？"我追问。

"我大女儿学习成绩好得很，在重点高中上高二，住校的。她大舅开了大酒店和茶楼，条件好，对这个外甥女宝贝得很，每个礼拜都去看她，给她送很多吃的用的。"

"在生不生孩子这个问题上，老张的态度一直都没有变化？有个孩子感情能稳固些，要生的话真的需要早做打算了。"我关心地询问。

"看到老张这么实在，对我们母女这么好，我总是觉得过意不去，他的想法没有变，我倒是有点动摇了，好几次跟他说，我们再生一个吧，他都没有同意。"

我告别川妹子回家。雨依然淅淅沥沥，而我心里的天空早已晴朗。

民间 "陪审团"

一泡尿引起的纠纷，孕育了一个新名词，民间 "陪审团" ……

派出所的徐副所长，最近被一泡尿弄得很纠结，奇怪吧？

70 多岁的王老汉和 20 多岁的潘强是邻居，一条小弄之隔。王老汉几年前中过风，腿脚不灵便，走路需要拐杖。这天一大早王老汉出门溜达，图方便在潘家窗台下的墙根边撒尿，正好被刚出门的潘强撞见，潘强觉得触了霉头就大骂，瞬间变成两人对骂。王老汉气急了想抓潘强，被潘强顺势一挡，王老汉摔倒了，后脑勺着地。邻居见了，马上打了报警电话，徐副所长立即带队出警，民警到达的时候，潘强已经离开了现场。

民警立即把王老汉送往医院，并向目击者了解情况，有五个邻居做了证明，都说是潘强将王老汉推倒在地。

潘强被传唤到派出所接受调查，他坚决否认故意推倒王老汉。

在墙根撒泡尿在农村算不了什么大事，而且一方是行动不便的老人，一方是年轻后生，何以酿成如此激烈的冲突？而几位目击的邻居为何都一口咬定是潘强故意推倒王老汉呢？原来王家和潘家积怨已久，邻居们也一直看潘强不顺眼，赶上这档子事，都帮王老汉说话。

两家积怨是因为造房子。

王老汉家的宅基地是村里安置的，造的是两层老式楼房，两间门面三进式，南北楼中间有个天井，北楼是卧室，南楼是吃饭会客以及生产生活用具堆放区。村里的房子基本上都是这个样式。王老汉家门前，原来是村里放水泵的机埠，废弃后卖给潘家做了宅基地。从潘家开始造房子，两家就吵开了，随着潘家的房子越造越高，两家也就吵得越来越凶了。房子造到三层时，差点打起来。

王家不让潘家造三层，说是挡住了王家阳光，经镇政府和派出所几次协调，最后，潘家北侧与王家接壤的部分降为两层。王家阻止潘家造三层，除了阳光被挡更看重的是所谓的风水被挡，可风水被挡不能放到桌面上来说，就算是北面降为两层，王家依然觉得被潘家挡了风水，心生怨恨。潘家中途被迫降低了楼层，心里自然也有气，两家的怨算是结上了。

在潘家西北侧的住户，东南方向被潘家挡了，很忌讳，心里都有怨气，加上潘强平常说话的口气大得很，邻居都看他不顺眼，这回正好帮王老汉说话出口怨气。

好在王老汉的伤势不是很严重，住了几天院，检查无大碍后就出院了，医药费共计4400元。

了解清楚事情的原委后，派出所上下都觉得这件纠纷不能用简单处罚来解决，如果拘留处罚潘强，医疗费的赔偿通过民事诉讼来解决的话，两家的结解不了，怨会越积越深，说不定什么时候会起更大的冲突，结果只能是两败俱伤。徐副所长一心要用调解来平息纠纷。

潘家表示愿意调解，但王老汉家不同意。

自打王老汉住进医院，徐副所长就买了水果去探望，做安抚工作。随后动员潘强带上礼物到医院向王老汉赔礼道歉。谁料潘强的前一句道歉刚让王老汉的脸色缓和了些，后一句说辞马上让王老汉勃然大怒，甚至误解徐副所长在袒护对方，认为潘强明面上是道歉，实际上是故意来气自己的，气氛又陡然紧张起来。

调解工作做得很辛苦，徐副所长也不知跑了多少趟，王家终于松了口，同意调解。条件是三个，一是潘家承担医疗费4400元，护理费1800元；二是公开赔礼道歉；三是潘家给王家放炮仗。潘家只同意承担医药费4400元和赔礼道歉，潘家认为4400元的医药费中，已经有治疗胃病、高血压等老毛病的费用，又没住几天院，这1800元的护理费不能接受，放炮仗意味着向王家低头也不能接受。这期间徐副所长都是拉锯式背靠背两家分别协商的，虽然已经向前跨了一大步，但是双方都不肯让步，而放炮仗是农村的旧习俗，站在警方的角度也不赞成，调解陷入僵局。

那天徐副所长在所里和大家商量如何突破瓶颈时，所长灵机一动，说干脆发挥民意导向的作用，让村民用不记名投票的方式来解决。这一拍脑袋瓜想出来的办法，让大家眼睛一亮。原来为了配合法制宣传，有的纠纷会公开处理，让村民代表参与评议，称之为村民"陪议团"，将"陪议团"升格为"陪审团"，让"陪审团"就赔偿费和放不放炮仗两件事投票表决，发挥道德和乡规民俗的力量。

经过规则对接，僵持的双方都表示同意投票表决。

徐副所长选了九个村民成立"陪审团"，并就"陪审团"成员征求了双方意见。本村只有两个人，其他七位都是别的村比较有威望的村民，和潘王两家都没有什么关系。

在派出所会议室，徐副所长向双方当事人宣读了相关规则，王老汉由妻子做代理人。双方陈述各自的理由后，九位"陪审团"成员对赔偿金额和是否赞成放炮仗两件事进行不记名投票。

赔偿金在去掉一个最高和最低额度后计算平均值，结果是4850元。九张票的赔偿金额几乎都在平均值左右，没有同意放炮仗的。结果出来了，潘家自然是比较满意，王老汉一方有点心理落差，在沉默了七八分钟后，也表示接受。

一场僵持了30天的纠纷总算圆满解决，徐副所长终于松了一口气。民间"陪审团"这个创意很快被效仿。

蝴蝶双飞

> 晓燕兴奋地抱住书香转了一圈。书香一路上说自己的家乡事，眉飞色舞地滔滔不绝。

晚八点的大学宿舍里，蓝书香就着一点咸菜啃馒头。

"又没有吃晚饭？会营养不良的。"晓燕将一袋牛奶和一个白煮蛋塞进她手里。

"班长，哪好意思老吃你的东西啊。"书香放学后在校园附近的一家面馆做两个小时的钟点工，经常啃早上食堂里买的馒头当晚饭。

"你这是间接地帮我减肥呢。说了多少次了，不要叫我班长，叫我晓燕。"晓燕一头齐耳短发，走路一阵风，干净利落。

"这个周末还去郊区帮忙看管孩子吗？"对书香一个人去郊外，晓燕总是放心不下。书香每个周末都会去城郊，帮一对在菜场卖菜的夫妇，照顾辅导上小学五年级的女儿和一年级的儿子。周末两夫妻特别忙，自己照顾不过来，而书香要的报酬又特别低。

书香摇摇头说："这个周末我跟对方请假了，两年都没有在家乡过三月三了，今年恰好是周末，我想回家过节，帮我跟老师请个假。"

"真的？我想和你一起去，见证一下这个神圣的节日！"晓燕兴奋地抱住书香转了一圈。两年多来，晓燕听书香讲得最多的就是家乡的三月三。晓燕既是班长，又是学生会的宣传部部长，还是校刊的主编，她不想错过这个长见识的采风机会。

"太好了，阿妈阿爸知道你和我一起回去，不知道该有多高兴呢。"

大巴车一路向南，两个姑娘在车上兴奋地说个不停。书香在学校虽然话不多，这一路上说自己的家乡事，眉飞色舞地滔滔不绝。

无边的爱

"我爸妈把你当贵宾了。"书香拉了下晓燕的衣角悄悄地说。

书香妈不停地给晓燕夹菜，晓燕连声说："好吃，好吃。"

一下车，书香一眼就找到了来接她们的爸爸。书香爸借了一辆电动三轮车。临出门时，不修边幅的书香爸很仔细地刮干净胡子，换上那件三年前买的平时不舍得穿的米色夹克衫，看起来很精神。三轮车在山间小路上颠簸了好长一段时间，终于停在了山坡上的农舍前。

"兰兰。"书香妈快步迎了出来，也换成日常很少穿的套装。

"我爸妈把你当贵宾了。"书香拉了下晓燕的衣角悄悄地说。

书香妈递上一杯新沏的绿茶。晓燕先端起茶放在鼻子底下，袅袅幽香煽动着鼻翼，晓燕贪婪地深吸一口气，再悠悠地品一口，欣喜地夸赞："好香啊。"

"这是我们自己家里采制的茶叶，叫蕙民茶，好喝吧？"书香自豪地说。

已经过了午饭的饭点，大家都饿了。"饿坏了吧？"书香妈边说边把准备好的饭菜端上桌。四条长凳围着一张有些年岁的方桌，桌面的油漆似有似无，古朴里透着一份宁静和木香。

"这是我们自家养的鸡，今天还生了个蛋呢，这可是你们城里不容易吃到的土鸡，多吃点儿。"话音未落，一大只鸡腿占满了晓燕的碗碟。书香妈口齿伶俐，声音像风吹铃铛般悦耳。

晓燕一口下去，顿时觉得一股纯正的鲜香弥漫开来，忍不住停下咀嚼细细体会。真是太好吃了，平时吃到的鸡肉和这简直没法比。

"我们家兰兰是山沟里长大的孩子，没见过什么世面，听她说，你一直都特别地照顾她，真是谢谢你啊。"书香妈说着，又将一大块鸡肉夹到晓燕碗里。

"兰兰是书香的小名。给书香取名字那会儿，我们俩都说自己没文化，希望她将来成为文化人，就给她取名叫书香。山里的孩子读书考学不容易，书香能考上大学，是我们整个村寨的荣耀。"书香爸不善言谈，还略微口吃，把这几句话说完，整张脸都憋红了。

"我爸唱山歌的时候一点儿也不口吃的，他唱得可好听了，妈妈就是爸爸唱山歌的伟大战果。"书香看着爸爸调皮地说。

书香爸扬了扬眉毛，憨憨地笑着。

"这是我们这里自己种的黑木耳，这是我们这里特有的野菜。"书香妈不停地给晓燕夹菜。晓燕连声说："好吃，好吃。"

书香问晓燕："下午我妈要去山上采一种乌念树叶，回来做乌饭，明天是三月三，家家吃乌饭祭祖、辟邪、祈福，我们一起去帮忙？"

"当然去啦，岂有不去之理？"

山坡上，她们腰挂竹篓采摘嫩叶，远远望去，身影像流动的音符。很快，晓燕的双手被染成了淡紫色，带着特有的醇香。

忽然对面山坡传来一女童清脆的歌声，声音在山谷中回旋，余音环绕。晓燕虽然听不太懂，但是觉得妙极了。

"书香，唱山歌的小姑娘是谁？唱得太好听了，我们过去找她好不好？"

"对面山坡，看起来近，走过去远着呢。她叫蓝秀云，大家都叫她秀儿，是我们这里的山歌传人，她声音的穿透力很强可以传得很远。明天三月三她肯定会去唱山歌的，到时候我再带你去找她吧。"

被对面的歌声一带，书香妈忍不住先哼唱起来，书香接着亮起嗓子唱开了，又有歌声从附近不同的位置飘过来，一时间，这边唱罢那边和，山谷里歌声四起。

晓燕一脸惊奇地盯着书香，同一个寝室两年多了，好像从没听书香唱过。

"我们畲家人都会盘歌对歌，我要是不会，岂不是嫁不出去了？"书香读懂了晓燕脸上的诧异，嬉笑着说。

"回到家你就像变了一个人似的。"晓燕像是说给书香听又像是说给自己听。

听书香说过，畲族人的山歌有许多不同的类别，三月三是族人对歌的日子，从早上一直对到晚上，以歌表达自己的心愿，以歌祭祖表达对先人的怀念，以歌定情。山谷里的一幕，让晓燕对明天三月三的期待又增加了十二分。

晚饭后，书香妈妈将采摘来的乌树嫩叶洗净，捣碎取汁，准备明天的乌饭，一时间，满屋弥漫着奇特的醇香。

两个姑娘挤在一张床上，窸窸窣窣地讲到很晚才睡。

见证神奇

晓燕有点难为情,急忙把自己的彩带送了出去,她没有给对歌人,却把彩带塞给了台前的天昊,引起一片起哄声。

第二天一大早,吃过香喷喷的乌米饭,一家人穿着盛装,出发。书香妈还带了一筐竹筒乌饭,沿途所见都是喜气洋洋盛装赴会的畲民。

书香妈妈把自己压箱底的银饰品全都取出戴在书香身上,这些都是她陪嫁的嫁妆。书香戴着银饰转了几个圈,银饰发出清脆的响声,晓燕用手机将这些情景一一定格。

人潮涌动,处处盛装,目不暇接。书香拉着晓燕的手在人群中穿梭。"兰兰,兰兰……"不停地有人在呼喊书香的小名,邀书香加入她们的对歌队伍,书香一一婉谢,她要带晓燕找秀儿。

在为节日搭建的表演舞台前,她们果然找到了秀儿。

"兰兰姐,真的是你。"秀儿奔过来抱住书香。

"这位是晓燕姐,这位是秀儿。"书香介绍两位认识。秀儿刚到晓燕的肩头,清纯可爱。晓燕把秀儿揽进怀里。

书香问晓燕:"想不想参加?"

"想啊,太有意思了,可是我不会唱,秀儿教我几句吧。"

姐姐学,妹妹教,老跑调,笑弯了腰。

一群姑娘们上台,每个姑娘都领到一条彩带,按照表演的编排,和台下的小伙子们对完歌之后,要将彩带送给"意中人"。这是畲族的传统节目,对歌定情。秀恩爱的也借机会成对成双地参加。没有穿畲族礼服的晓燕夹在中间格外显眼。

他也来啦,当书香在人群中发现挤到台前的蓝天昊,脸开始发烧。天昊是书香的高中同学，他是在人群里发现了书香，一直悄悄尾随而来。看着书香上了表演舞台，他挤到台前，希望书香能关注到他，希望能得到书香手里的那条彩带。尽管这只是表演，但对他来说有着特殊的意义。

先是一对一，轮到书香时，天昊抢着唱答。天昊一直都很腼腆，书香几乎没有听到过他的歌声，这一开口，声音饱满圆润，充满深情，赢得阵阵喝彩。书香有点不好意思愣在那里，不知道自己该不该把彩带送给他。就在这时，晓燕开口唱，下面一个调皮的小伙子就接了腔，意思是不来相亲别滥竽充数，逗得下面一片嬉笑，晓燕有点难为情，急忙把自己的彩带送了出去，她没有给对歌人，却把彩带塞给了台前的天昊，更是引起一片起哄声，天昊的脸唰地红到耳根，书香反应过来，顺手把彩带送给了那个调皮的小伙子。

书香和天昊再次四目相撞，撞得心突突地要蹿出来。

"晓燕，秀儿，我们一起去看民族服装展览吧。"从舞台上下来，书香对她们俩说。

"好啊，我想看看晓燕姐姐穿我们畲族服装的样子。"

服装展览在廊桥，晓燕换上畲族姑娘的服装和配饰，先学着畲族姑娘的步态走了几步，又用现代舞的姿势转了几个圈，让书香拍下一张张照片，秀儿拍着小手喊着姐姐真好看。

街上到处是卖竹筒乌饭的吆喝声。三个女孩很快就逛饿了，饿了就买一筒乌饭，你一口我一口地吃，特别香。

"秀儿，奶奶在家吗？我们想去找她老人家。"书香问秀儿。

"在的，我带你们去。"秀儿雀跃着在前面带路。

"奶奶，奶奶，兰兰姐姐来看你啦。"秀儿大老远就大声喊。

一位慈祥的老奶奶迎出院外。

书香上前挽住奶奶说："这是我大学里的同学，对我们的山歌着迷，我就把她领到您这儿来了。"

说起山歌，老太太就眼睛发亮，她一会儿说，一会儿唱，三个女孩听得入神，忘了时间。

播种希望

晓燕强烈地感到她的血在涌动，她必须为书香家做点什么。

从老奶奶家出来，已近黄昏，从那条绕山的小道往回走，春风拂面，新绿婀娜，桃花含笑。晓燕信誓旦旦地对书香说："这里的一切都是那么美好，我一定要让更多的人了解它。"

这一整天，晓燕和书香一直都处在兴奋之中。回到书香家，满桌佳肴又在等着她们。有野生溪鱼和溪水螺蛳，还有漂亮的"豆娘"。书香爸给每人斟了满满一杯山哈酒。说是自酿的米酒，喝点解乏。书香和晓燕都不会喝酒，但是一杯山哈酒在欢乐的氛围中，不知不觉很快见底，两个姑娘像两朵盛开的桃花。晓燕举杯一遍遍由衷地感谢，书香也眼含泪水谢谢爸妈的辛苦。

夜幕降临，四周静悄悄，除了虫鸣狗吠，一片寂静。

书香爸妈在灶台间小声商量家事，书香跟了过去躲在暗处。书香听妈妈说："家里就这么点钱了，怎么办？"一瞬间书香眼睛里蓄满了泪水，为了供自己上学，家里已经倾其所有了，爸爸原来开三轮做点小生意，去年出了次意外，手术后在床上躺了好几个月，现在走路还有点瘸。山区比较闭塞，挣点钱原本就不容易。

"你怎么啦？"晓燕关切地问。

"没什么，有东西吹进眼睛，等会就好了。"书香掩饰着说。

灯光有点昏暗，三间正房中，中间一间是厅堂，东面一间是书香爸妈的卧室，还留出了一条厅堂到烧饭间的通道，书香住西面一间。烧饭间要矮一些，挨着东墙。房子收拾得很干净，就是有些空荡荡的，厅堂里除了吃饭的饭桌，只有靠北墙有一张窄窄的旧条桌，上面有台小屏幕的旧电视机，画面还伴有雪花点。房间门都没有上油漆。书香的房间很大，里面只有一张简易床，一个没有油漆过的简陌衣柜，一张旧书桌和一个方凳。对比这两天书香爸妈的盛情款待，晓燕眼眶也潮湿了。

晓燕强烈地感到她的血在涌动，她必须为书香家做点什么。

书香妈终于坐下来一起喝茶了，晓燕拉住书香妈妈的手，热切地说："书香妈妈，我看出来了，你们供书香读书不容易，你这里有这么好的特产，明天让我们带些回去可好？同学中有不少人创业做电商，我想把这些特产推销出去，减轻一点你们的负担，让书香可以安心学习。"

"能这样真是太好了！自己家里的东西，可以便宜一点卖给你，质量你尽管放心。"书香妈喜出望外。

"放心。你们心地这么好，怎么会不放心呢。"晓燕加强了语气。

书香爸妈连夜准备了两大包土特产。

第二天一大早，书香爸将两包土特产和两个姑娘的行李搬上借来的那辆三轮车。

"兰兰姐姐！晓燕姐姐！你们不要走嘛，不要走嘛！"秀儿背着书包气喘吁吁地跑过来，扑上来和两个姐姐抱在一起。

晓燕眼角湿润，抱紧秀儿说："秀儿好好学习，像兰兰姐一样做个飞出山寨的金凤凰。姐姐一定会再来看你的。"

"姐姐，你一定要再来看我们哦。让我再为你们唱支歌吧。"话音未落，响起秀儿清脆婉转的歌声。

书香和晓燕在秀儿的歌声里坐上了三轮车。突然，四周一下子涌出了许多畲民，一起唱着送别的山歌。歌声在山野回旋，萦萦绕绕。

晓燕和书香一边笑着挥手，一边泪挂两腮。路边的山坡上蓝天昊追着三轮车跑，一边跑一边用力向她们挥手告别。三轮车颠簸着前行，渐行渐远。

几个月之后，在晓燕和书香的共同努力下，电子订单源源不断地飞到书香妈妈的手中，一批批游客也慕名而来。

第三辑 百味人生

百味人生，顾名思义，这里的主人公尝尽了人间的酸甜苦辣。有厚度，有故事。时间和空间在这里被放大，被浓缩。听故事的人，也会成为讲故事的人。

一根牛缰绳

他不能原谅自己，一心求死。队长将一根绳子塞进他手里。这根牛缰绳，是一个少年活下去的希望。

一个竹竿样的人影，挑着一担草，在田埂上晃荡着，像一架永远都无法平衡的天平。

他只有一条左胳膊，两条腿长短不一。他光着蒲扇样的大脚板，在田埂上留下一深一浅的脚印。

他是给老黑割草。老黑老了，一天劳作下来都不想站起来了，他就一担担地给老黑割来青草。

傍晚，下了犁的老黑就趴在河边一棵大柳树下，嚼他割来的草，他用柳条前前后后地替老黑驱牛虻赶蚊子。老黑吃饱后会到河里滚来抖去，只露出鼻孔和尖尖的犄角，他就坐在河堤上神情专注地看着。

他感谢老黑，是老黑让他多活了这些年。

那年他15岁，大家都饿得走不动路，妈妈的脚浮肿得不能下地。他约小伙伴阿虎，偷了队里炸石头的炸药雷管，去一个深水潭里炸鱼，结果阿虎被炸飞了，他成了现在的样子。

他不能原谅自己，一心求死。队长将一根绳子塞进他手里。老黑那时候叫小黑，年轻着呢。小黑是全队人的依靠和希望，再饿也没人敢对小黑下黑手。从此他一心一意地照顾小黑。

小黑渐渐地变成了老黑。终于有一天，队长来找他，说社员们要求把老黑宰了。

他扑通一声给队长跪下了，说："让我照顾老黑给他送终吧，我不要队里记工分。"

队长拉起他，抱了抱他的肩膀走了，在他肩头滴落几滴浑浊的泪。他嘶哑地朝队长的背影喊："把那根牵牛的缰绳给我！"

老黑走了。

每到黄昏时分，他总是习惯性地坐在河堤上，手握牛缰绳，回味着老黑洗澡的样子，任余晖把他孤独的影子越拉越长。

一条红丝巾

红丝巾，对，我欠她一条红丝巾。记得那年早春的一天，她眼睛黏上了橱窗里的一条红丝巾，可他实在是囊中羞涩，只好搬着她的双肩离开。

她说："帮我找面镜子来。"声音模糊不清。

明天他会来吗？她只有思绪是自由的。

一些大学同学相约明天一起来看她，她最关心的是他来不来。听说他最近调到本市了。

同一天，他接到同学电话，问他去不去看她，他脱口而出，去。紧接着心口一阵绞痛。他把自己埋进沙发，从口袋里摸出救心丸服下。

一份汇报材料放在他面前，他一个字也看不进去，满脑子全是她的身影。那飘逸的秀发，不含一点烟火味的眼睛，两颗可爱的小虎牙，总在眼前晃悠。

他的家在农村，是边远贫困县定点培养的学生，毕业了必须得回去工作，而她出生在省城。

她的妈妈找到他，递给他一个信封，里面是一叠钱。"拿着吧，知道你们农村家里穷。我只有这么一个女儿，她是不可能嫁给你的。"她妈妈的话让他掉进了冰窟里。

他塞回信封转身跑开。离校那天，他给她留了一封信，独自伤心地走了。

时隔三十年，他又回来了。

听说她脱形了。她那么爱美，一定不想让我看到她现在的样子。一个声音不断地纠缠着他。

红丝巾，对，我欠她一条红丝巾。记得那年早春的一天，她眼睛黏上了橱窗里的一条红丝巾，可他实在是囊中羞涩，只好掰着她的双肩离开。

病房里，她已经呼吸困难，只能用眼神和同学们打招呼。

她没有找到他，喉咙里发出点异样的声音。一个男同学上前给她披上一条红丝巾，跟她耳语了一下，于是，笑意就慢慢爬上了她的脸。

他久久地站在窗外，任眼泪像开闸的洪水。

生 病

老人的孤独谁来关心。

老王头扶着门框盯着那条在雨中越来越模糊的小路。

这是个山坡上的独家小院，几年前老王头中过风，半边身子不方便。

没人会来了。他终于离开门框，移步到厅堂的条桌前。他用衣袖擦了擦上面的一个镜框。镜框的油漆已经有些剥落，镜框里的她穿着粉底红花的衬衣，朝他羞涩地笑着。他鼻子一酸。

最近一段日子，他极力想忘记的那个下午，老在眼前晃来晃去的。湿漉漉的她躺在水坝边，不远处有个鱼篓，一些虾爬到了篓壁上。三个女娃趴在她身上，使劲地喊使劲地摇。最大的女娃那年才十二岁。

他坐回椅子里发呆。一会儿他就走神了，三个小妮子在眼前叽叽喳喳的，老大做饭，老二剁猪草，老三咕咕咕地喂鸡。

他回过神，眼睛落到女儿为他买的麻将机上，上面罩了块床单，已经积了一层灰。你们这几个老家伙啊，怎么就这样不经熬呢？你们一走，这城也围不起来了。想到几年前常在一起的几个老伙伴，他的鼻子又酸了。

还是病了好，他想着年前住院的情景，笑了。他迟疑了一会后离开椅子，把自己挪进卫生间，打开冰冷的淋浴龙头，朝自己身上冲啊冲。

女人和花花

天黑了，女人摸黑在屋后的板栗树下挖了一个深坑，用一条旧床单包上花花掩埋。

花花开始绝食，水也不喝。

猪圈的一角铺了一些稻草，花花趴在上面。女人将一小块红薯放到花花的嘴边，花花睁开眼盯了红薯好一会儿，伸出长舌喘了几口气，继续闭上眼睛。

大食堂的粥汤见不到米粒，能吃的野菜也几乎绝了迹。女人的脚浮肿得厉害，只能穿她男人的鞋。

昨天有几个逃荒来的人饿晕在门前的路上，女人从地窖里把最后几个红薯拿出来救了人，这是她在后山坳里偷偷种的，已经用来救过好多人了。女人的男人是队长，男人已经好多天没回家了，他和民兵排长一起日夜守着队部的库房，让大家觉得希望还在。

花花终于没了气息。女人将花花抱在怀里，泪水串串落下，一边梳理花花杂乱的毛一边喃喃道："靠你省一口也不顶事啊。"

女人的背后不知道什么时候站了好多人，女人不看也知道他们要干什么，女人死死地趴在花花身上。僵持了好长时间，大家才散去。

天黑了，女人摸黑在屋后的板栗树下挖了一个深坑，用一条旧床单包上花花掩埋。

一大早醒来，飘来的狗肉香中伴着低沉嘈杂的人声，其中隐约有她男人的声音。女人跑到板栗树下一看，一下子瘫坐在那里。

女人猛地反应过来，立即带上两个娃循声寻去。她把两个娃塞给男人，将花花的皮毛抱回掩埋。

花花这年刚刚八岁，女人嫁过来的时候，花花是她唯一的嫁妆。

立 冬

他们不是两个人，已经融合为同体。

一楼病房里，94 岁的沈老太眼看着就要走了。

守在身边的儿子凑上她蠕动的唇边，细听妈妈最后含糊地话语。

"老头子，天冷了，没我随着看你咋办！"

儿子听得分明，心里不禁一惊：妈咋知道爸刚才走了呢？

再呼妈时，妈已然随爸而去，一脸安详，似若往常。

沈老头 96 岁住二楼病区，在两小时前离去。

二毛的死穴

　　一个貌似能掐会算天知地知的二毛，却有一个死穴，不知道自己姓啥。

　　"我跟你打赌，明天一定是个晴天。"从田头回来身穿蓑衣的二毛，对坐在门槛上抽闷烟的老李说。

　　老李家浸的谷种已经出了芽，可是连续几天都下雨，无法撒到秧田里，急啊。

　　"赌什么？跟你有什么好赌的，输了从来不认账。"老李将烟杆在鞋底上猛地一磕，没好气地说。

　　二毛喜欢跟人打赌，输了就有十个八个的歪理，赢了地球人全知道。

　　"就赌种一天田，我输了我帮你家种一天，我赢了你帮我家种一天。"二毛说。

　　"好。"老李爽快地答应了。只要明天能晴，谷种不烂掉，别说帮忙种一天，种三天都行。老李在心里说。

　　老李家有三个儿子，都是壮劳力，二毛成家晚，只有两个女儿，年纪尚小，老婆的腿还有点不方便，就算不打赌，老李哪年不帮忙？

　　二毛也有服软的时候。

　　"你这么能掐会算，怎么不把你老爹是谁给算出来？"一旦二毛得意忘了形，就会有人掐他的死穴，他立马变成了一只瘟鸡。

　　二毛是吃百家饭长大的。枪炮声，逃难的人，爹娘的背影，一个小男孩哭着喊着追赶。这个梦二毛做了几十年。

　　又一个雨霏霏的清明节，二毛习惯性地坐在门槛上，盯着雨丝问："爹娘你们还活着吗？我到底是姓王？姓黄？还是姓汪呢？"

蝴蝶效应

一次过生日的触动，让老张改变了自己的生活轨迹。

老张换了一身新装，走进他熟悉的肯德基餐厅。

老张推开那扇厚重的玻璃门的时候，手和脚都不自在地哆嗦了一下。老张之前也进去过几次，很快便有人来赶他走。大家排队买餐，轮到他时，他掏出一把硬币付钱，服务生惊讶地在他脸上扫了一会儿。他点了一对鸡翅，一份上校鸡块，一份汉堡，外加薯条和可乐。等待时，里面的窃窃私语让老张觉得有点别扭，这让等待的时间变得很长。老张接过服务生递给他的餐盘后，发现最左边最后面的位置还空着，就走过去坐下。

这个位置极好，外面的情况可以看得一清二楚，又不易被人注意。老张抓起上校鸡块塞到嘴里，一股浓香立刻溢满全身。

老张头发灰白，个小黑瘦，缺了二颗门牙很显老，腰板倒是直挺挺的，两道剑眉像戏装。他猛啃一口，油立即从缺牙里流出来。后来，他就慢慢地一丝丝反复咀嚼。

一个五六岁的小男孩推门进来，一桌桌怯怯地伸出小手。老张的目光追着小男孩，看到他沮丧的样子，招呼他过去，在他一个手心里放了两枚硬币，一个手心里放了一只鸡翅。小男孩很快吃完鸡翅的肉，咯吱咯吱地咀嚼鸡骨头。老张把另一个鸡翅也给了小男孩。

"谢谢爷爷！"小男孩边吃边含混地说。

"小朋友，要谢谢你呢，谢谢你陪我过生日！"

老张又发现一个老伙计推门进来，立即有服务生上前赶他出去。老张大声喊老伙计过去，立即聚焦了大家的目光。

老张和老伙计后来做了这幢大楼的清洁工，每次路过，最后那个座位他们都会下意识地多看几眼。

唐先生

童年的顽劣，少年的颓废，到成为抗日勇士，再到捐出宅院办学堂，成为真正的唐先生，时空在这里浓缩。

他凝气弹了一曲凤求凰，就不吃不喝地躺到床上。母亲将三寸金莲挪过高高的门槛，把几张地契放在他的床头，叹口气离开。

他一骨碌地起床，带上地契出了唐家大院。门楼上的麒麟，恼怒地朝他瞪眼睛。

母亲走进祠堂，进香后将一块牌位抱在胸口，叹声道："我们这个儿你得帮着管管了。"话音未落，一行泪滴落到牌位上。他十二岁那年，父亲得病走了。

他爸，你一生勤勉，乐善好施，怎么就出了这么个孽子呢？母亲又沉浸在回忆里了。

又一个老师愤愤然地走出唐门。这已经是第五个被他恶作剧气走的老师了。第六位老师来了，没带一本书，只带了一把琴。琴音居然让小野马安静下来，母亲大喜，花大价钱为他访得一古琴。不久，他弹琴的时候，院子里的树枝丫上，会聚集多种鸟儿聆听。

他不喜欢叫他唐少爷，喜欢别人叫他唐先生。

他将银子交给老鸨，直奔柳月而去，四片红唇立即胶着在一起。稍后，他捧着柳月的脸说："我已经替你赎了身，以后我们就永远在一起了。"

唐家人丁单薄，十六岁，他就在母亲的安排下成了亲，两年后诞下一子，取名家盛。他前脚出唐门，少奶奶后脚就负气回了娘家，他随后不顾母亲反对送去了一纸休书。

母亲怎么都不肯让柳月进唐门，他只好顺从母意将柳月安置在外面。在母亲眼里，男人撒钱风流点没什么，但不能辱没了家门。

当家盛十八岁时，唐家已经衰败，除了母亲陪嫁的几件首饰、宅院和他的古琴，其他的产业几乎都让他变卖了。

日本人来了。疯狂地蹂躏。柳月被小鬼子欺凌，悬梁自尽。从此，唐家大院的门就整日毫无生机地紧闭着。古琴虽在，他再也没有弹奏过。

这一日，伪镇长带随从登门，说第二天是龟田大佐的生日宴会，龟田好音律，要带唐去县城弹奏古琴助兴，让他准备一下。

镇长走后，他重重地"呸"了一声。老太太随即收拾细软，叫人雇了一辆马车，全家当晚就逃离小镇，去投奔山里的远亲。

惊吓加颠簸，老太太染上了风寒，没能扛多久。

他在母亲坟前整整跪了一天。

他怀抱古琴身穿长衫和家盛一起找到了山里的游击队，指导员迎接了他。大伙儿一看全乐了，指导员笑着说，你们可别小看了这把琴，可能比你们手里的枪，更有威力。

他在游击队接受了一段时间的训练后，就带了几个队员到县城开了家茶艺馆。县城位于三省的交通要道，历来都是兵家的必争之地。

他的琴音，让茶艺馆很快火了起来。

他在茶艺馆设了一间御茶阁，琴台之上，棕色古琴泛着幽光，琴台之下设三面茶宴席。琴弦一响，先有娇娘侍奉御茶，后有舞娘在席间起舞助兴，雅致至极。

龟田大佐成了茶艺馆的常客，也为他完成各种任务提供了方便。随着抗日力量的不断壮大，他肩负的使命，也越来越重要。

这一日，接到上级指示，日本一皇亲和一细菌武器的专家，由县城中转去东北，将在县城停留三天。专家身上携带了重要的数据资料，是生产细菌武器的核心数据。而皇亲极好音律，要唐先生务必寻找机会除掉专家，销毁数据。

专家和皇亲住进日本人的樱花酒店，被严密地保护起来。巧的是，茶艺馆和这家酒店只隔着两家院子。

唐端坐于琴台，把所有的精气汇聚十指。一会儿万马奔腾，一会儿行云流水。琴音断断续续地飘过去，让皇亲心如猫抓。

皇亲坐不住了，执意要去茶艺馆听琴，龟田不敢违逆皇亲，遂答应把唐先生请过来弹奏。

但龟田知道唐从不出御茶阁弹琴，于是亲自登门邀请。唐说可以为龟田大佐破一次例，以答谢多年来的关照，但要舞娘相随，他习惯了舞娘起舞助兴。于是，唐随龟田走在前面，舞娘怀抱古琴紧随其后。

古琴的内壁上，已经粘贴了几把薄如蝉翼的柳叶刀。柳叶刀是舞娘的家传绝技，舞娘是组织上安排协助和保护唐先生的。

在酒店的宴会厅里，专家、皇亲和龟田分席而坐。唐先生把一曲凤求凰弹得如痴如醉，舞娘飘逸的淡蓝色舞裙后背上，七彩凤凰正欲展翅飞翔，她像翩飞的蝴蝶，在三个人之间轻盈地旋转着。当最后一个音符戛然而止时，三人都已见血封喉，还睁大眼睛端坐着。

门外的卫兵也听醉了，见两人抱琴下楼，竟忘记了盘查。

转角处早有一辆车在等候，等守卫发现出了大事，他和舞娘已经绝尘而去。

日本天皇宣布投降那天，他为战友们弹奏了一整天。第二天他怀抱古琴，回到镇上。

唐家大院不久成了学堂，他成了真正的唐先生。

三 婶

这样的三婶也许每个村寨里都有，活灵活现。

大年初二，我吱嘎吱嘎地踏着积雪，提着一包红糖和两斤白面到三叔家拜年。

"哟，怎么又只有你这个丫头片子啊，是不是嫌我家穷，供不起饭啊。"我还没进门，就听见三婶爆炒豆子般的声音。

三叔连忙接过我手里的东西，大声朝屋里喊："兰，你姐来了。"

兰只比我小几天，我们在一个班读书呢。我一头扎进了兰的小房间。兰躲在房间里看一本故事书。兰小时候得了小儿麻痹症，一条腿不得力，走路晃得厉害，这样的天气，她只能待在家里。

"我哥我姐都怕见你妈，拜年这个美差就年年落在我头上啦。"我一边搓着冻僵的手，一边跟兰说。

兰急忙把一个炭火手炉递给我。

"都是我爸太老实太宠我妈了。我妈那刀子嘴，把左右邻居都得罪光了，害得我和弟弟都抬不起头。"兰幽幽地说。

"还好你不随你妈。"我朝兰做了个鬼脸。

三婶的骂功实在了得。我记得有次她和邻居吵架，她就在家门口叉腰骂了三天，兰只好躲进我家给耳朵避难。她骂起人来一套一套的，拖个长音像唱戏，还不带重复的，什么难听就骂什么。平常我们听见有人议论三婶，就赶紧绕路避开。

三婶不骂人的时候是挺好看的，兰的脸蛋长得像三婶，粉嫩粉嫩的，精巧的鼻子，顾盼有神的丹凤眼，特水灵。

开学没几天，兰就跟我说，她妈妈得了怪病，屁股上长了一个脓疮，不能坐也不能睡，整天趴在床上，痛得杀猪般叫唤。

"活该。谁叫她嘴巴这么毒，骂起人来把人家祖宗三代都翻过来，毒舌女人屁股长疮，这叫报应。"村妇们这些天特别喜欢往一块凑，满脸欢喜地议论。

兰听到村妇们的这些议论，只有默默地流泪。

三叔请来赤脚医生，又用板车拉三婶去了公社医院，打针贴膏药，来回折腾许多天，总是不见效。

三婶的屁股烂成鸡蛋大的一个洞。她的嚎叫声慢慢变成了有气无力的哼哼声。

"她不会就这样死了吧，还有两个没成年的娃呢，那两个娃怪可怜的。"村妇们一见面，个个都这样说，像是约好了一样。

眼看着三婶走了形，三叔坐在门槛上一袋袋地抽闷烟。院子里也不知道从什么时候开始，就会有人悄悄放几棵青菜，几个萝卜，几个鸡蛋，或是面，或是瓜什么的。

这一天，村子里来了个游医，说专治疑难杂症，大家都叫他"神医"。三叔给神医抱来了一只大母鸡，求他给三婶看病。

一大帮人一起来到三叔家，七嘴八舌地把三婶得病的前前后后，一股脑儿地倒了出来。还一起帮三婶说好话，意思是，她受了那么多的苦，惩罚得也差不多了，请神医看在两个孩子的分上救救她。

神医给三婶把了把脉，又看了看疮，什么也没说就走出了三婶的房间。

神医说："她脉象紊乱，毒气攻心。我可以救她，但能不能救得过来，要看她自己的心性，还需要你们家人好好配合。"

神医给三婶配了膏药和草药，说是家传秘方。又对三叔做了一番交代。

三叔每天守着三婶给她讲各种笑话，讲经历过的各种开心的事。三叔不太会说话，一着急还有点口吃，为了给三婶讲笑话，都要在背地里练习好多遍。讲着讲着，三叔讲话也麻利了好多。阳光好的时候，三叔就拉着三婶到处转悠，晒晒太阳，看看风景，以前和三婶从不说话的人，都主动来安慰她。兰和弟弟也天天给妈妈讲一些有趣的事。

三婶渐渐好了起来，好起来的三婶像变了一个人。一开口说脏话就急忙呸呸呸。

三婶的嘴角眉梢在慢慢地往上翘。三叔变年轻了，三闷棍也打不出一个屁的三叔，居然会时常扯着嗓子吼几声。

又到了杀猪过年的时候了，三叔给神医挑去一担年货，有猪腿，有羊腿，有年糕，还有鱼。

第二年，三婶参加了大队越剧团，这回，她的"毒舌功"总算找到了用武之地，一曲《手心手背都是肉》，把《碧玉簪》里的婆婆演得活灵活现。

土　根

爷爷请来算命先生给她占了一卦，说她缺土无根，和主家相克，是油菜籽种在石板上，活不了，要保命，只能送人。

雪悄无声息地下着。突然，一声长长的嗯啊声，撕开了寂静的夜幕。接生婆擦了擦额头渗出的汗说："这孩子来得太不易了，是个金凤凰。"

"嗯啊，嗯啊……"女婴的声音从响亮急促慢慢地哑了弱了。爷爷请来算命先生给她占了一卦，说她缺土无根，和主家相克，是油菜籽种在石板上，活不了，要保命，只能送人。

爷爷说："给娃取名土根，姚土根，先过继给人吧。"土根满月啦，百日啦，周岁啦，咿咿呀呀啦，蹒跚学步啦，会唱童谣啦……一家人悬着的心渐渐踏实了一些。

江南水乡的河道纵横交错。土根家在两条河道交汇的转弯处，三面临水，一家人对水就特别地紧张。为了防止意外，爷爷在河堤上种满竹子，岸边扎了木栅栏，平日里千叮咛万嘱咐地不让土根碰水，夏日里小伙伴们光着屁股像鸭子一样整日泡在水里，土根都只能远远地看着。

那年冬天，河面已经结冰，四周寂静，太阳斜照在冰面上，折射出诱人的光晕。土根趁大人不注意，钻过木栅栏，跑到河岸边用脚去踩冰玩，吱嘎嘎吱嘎嘎……正玩在兴头上，脚下一滑，摔倒在冰面上，破冰掉进河里。

"救命啊……救命啊……"

爷爷冲到河边，看到了土根的一只手。还好冬季水浅些，河面上有冰，厚厚的棉衣没有让她很快沉下去被水冲走。

爷爷救起土根时，一试土根已经没了气，立即把她倒挂着扛回家，撬起灶台的大铁锅，将她趴在大铁锅上挤压，许久，土根终于吐出水来，捡回了一条命。

爷爷大病了一场。"人不能与命争，这孩子还是送人吧。"爷爷做了最后的决定。

就在这个冬天，土根跟着沈良夫妇，咯吱咯吱地踩着积雪走了。那天土根穿上妈妈新缝的红棉袄，两根麻花辫雀跃着。六岁的她哪里知道，这一走，对她意味着什么。

进了沈家门的土根，改名叫沈招娣。

沈家是大户人家，沈良是姨太太所生，母亲去世得早，遭家里排挤搬出沈家，反而得了个好成分。沈良娶妻多年没有生养，领养土根取名招娣，盼着能给沈家招来香火。

沈家大房晚年得子，取名沈瑞，沈瑞年幼丧父，比土根大三岁。因沈瑞是大房嫡子，顶了沈家门户，被戴上一顶地主的帽子。土根被沈良夫妇收养的第二年，沈瑞的母亲也撒手而去，临终前托沈良为沈瑞和土根定下了娃娃亲。

沈良夫妻始终未能生育，待土根倒也如同己出。但土根渴望上学却未能如愿，土根每日割草喂猪赶鸭放鹅，虽然粗茶淡饭日日劳作，倒也长得灵秀结实。和沈瑞换过八字定了娃娃亲后，土根实际上成了沈家的童养媳。

"地主婆……地主婆……"一群顽童跟在土根后面一边打闹一边喊，一边喊一边朝土根扔东西。土根一边哭一边跑。

十岁的土根边走边打听，走了一整天，天快黑了终于找到了自己原来的家。土根一推开家门就瘫倒在地，正在吃晚饭的爷爷、爸妈一下子惊呆了，三岁的妹妹"哇"地大哭，一家人哭成了一团。

"爷爷，爸爸妈妈，我要回家。我不要做地主婆，我要回家。"土根一边抽泣一边说。

"囡囡先吃饭吧，吃了饭再说。"爷爷一边抹泪一边把土根拉上饭桌。

土根止住哭，狼吞虎咽起来。土根一整天没吃东西，实在是太饿了。妈妈去灶台给土根煮了三个糖滚蛋，一边往灶里添柴一边嘤嘤地哭。

"去跟沈家说，赔他们一点钱，让土根回家吧。"妈妈紧紧搂住土根央求道。

土根爸把目光落在土根爷爷的脸上。爷爷口里吐出一圈圈烟雾，和煤油灯罩口的烟雾纠缠在一起。

"囡囡，不是爷爷狠心要将你送人，那是你的命。你已经姓了沈，沈家待你也不算刻薄，有的事我们就不便再插手。沈瑞这孩子头上虽然有顶地主的帽子，但品性不错，家里还有一幢宽敞的老房子，反正你现在还小，等你过几年长大些再说吧。"

"那就让娃在家里多住几天吧。"土根妈妈继续央求道。

"娃一个人偷着跑回来，沈家一定很着急，不知道内情还以为是我们姚家唆使的呢，人活一张脸，做人就得讲信用，明天就把娃送回去。"听爷爷这么说，母女俩抱头痛哭。

第二天，土根爸用独轮车一边载着土根，一边放了南瓜、红薯之类的东西，送土根回沈家。

……

"阿爸阿妈，我想去阿兴家学习制作毛笔。"土根央求着。阿兴家祖传制笔。

"没听说阿兴他爸收女弟子啊，拜师要三年，你已经十五岁了，是有婚约的人，要被人说闲话的。"沈良低沉沉地说。

土根脑子一片空白，阿妈接着说了一连串的话，她一句也没有听进去。

"阿爸阿妈，我同意一出师就跟沈瑞结婚。"良久，土根结结巴巴地说。

阿兴笑盈盈地接过包袱把土根迎进门。看到阿兴的高兴样儿，土根的眼泪不自觉地往外流，她急忙躬身去拍打鞋面上的灰。

另一扇门

上天给我关上了一扇门，又给我打开了另外一扇门。

大年三十，我如愿赶回了家。

三年没有回家过年了，一票难求啊。

在灶台间旁边的侧厅里，烧着老式的取暖煤炉。坐到炉子旁，暖暖的，这种久违的感觉让我鼻子发酸。

几年不见的侄子、侄女和外甥女都长高了，叽叽喳喳地抢着问这问那，我依次分发礼物和压岁钱，平常沉寂的老宅子被大人孩子的笑声填满了。

"爸妈，这是给你们二老的。"我给爸妈一个大大的红包。

"当初你坏了眼睛不算是坏事，要不然说不定像镇西的二柱子，挨了枪子。"爸爸的声音有些激动。

"爸，你咋咒我呢？"我假装气恼地抢白了一句。

"咒你？也不想想你以前做的事有多浑？现在眼睛是看不见，但是心亮堂了，这是好事，好事。"爸加强了语气。

我心颤了颤，空气一下子凝固了。

记忆里有的东西是忘不掉的，时光被拉回。

"叫你打架，叫你不争气！"爸爸一边吼一边用竹条抽打我的光腿，我疼得直跳脚。

"明明是他先惹我的，他爸是当官的，我爸没用，我才被开除的。"我一边哭一边喊。妈过来护着我。

"你这个讨债鬼，还嘴犟，从小不是逃课就是惹事，我跟你妈天天跟在你后边擦屁股。这回好，被学校开除了，看你以后能干什么。"

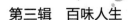

"叔，听爷爷说，有次爷爷打你，你躲在破庙里两天没回家，你怕不怕？"侄子突然打破沉寂，把我拉回来。

"怕。就是被学校开除回家挨打那次。当时战战兢兢地在破庙里过了一个晚上，哭够了就开始后悔，不好意思自己回家，又担心家里人找不到我，饿了就在地里刨几个番薯吃。"我老老实实地说。

"妈妈说舅舅武功很厉害，怎么会打不过人家，伤了眼睛呢？"外甥女大着胆子问，她很想知道舅舅这段被家里人隐藏起来的秘密。

"眼睛是谁伤的？我也搞不清，九年过去了，我一直都想忘了这场噩梦。"外甥女对我的回答显然不满意。

我继续往下说："被学校开除后，我去武术学校习武，两年后回到镇上，给一个老板做保镖。因喜欢讲哥们义气，又会些拳脚功夫，就有人出钱拉我帮忙打架。我当时年轻，觉得很有面子，又有大把的钱好挣，就像匹脱缰的野马。现在想想，怎么就这么浑蛋呢！"

不堪回首的一幕，我的心一直往下沉。

"那天我们几个兄弟在镇西舞厅里跳舞，舞厅老板是一个哥们，突然进来一帮人，他们是特地来寻仇闹事的，带了铁棍等家伙，冲进来就打，我们没有防备吃了亏。当时舞厅里光线很暗，看不清来人是谁，地方狭窄，混战一气，我们一个兄弟受了重伤，我被戳伤眼睛，还有无辜受伤的客人。"

"那后来呢？这些坏人没有被抓起来吗？"侄子追问道。

"因为当时镇上很混乱，黑吃黑打架是常有的事，这件事就不了了之。直到后来镇西的二柱子在一次打斗中动了刀子，闹出了人命。抓了四个人，二柱子被判了死刑执行了，另外三个也判了十年以上，镇子才平静下来。"

"眼睛受伤没去医院看吗？"小侄女的声音很童稚。

"开始在县医院看，不见好转，又去上海看，上海医生说是错过了治疗的最佳时期，视网膜已经脱落。"

我已经不记得是如何从上海回到家的。从上海回来，我万念俱灰，把家里能摸到的东西都砸了。接下来是一坐一整天，屁股都不挪一下，也不说一句话，在黑暗里熬过了两年，当时和一个叫阿秀的姑娘是订了婚的，我不想拖累人家，把婚事取消了。之后我去省城学习盲文，去盲人推拿学校学推拿，学成后和几个师兄弟就去了南方。

"叔叔眼睛看不见，生活上一定很不方便吧？"侄子关切地问。

"刚开始真的很不习惯，老想着死。学了手艺之后，觉得可以凭手艺挣钱养活自己了，渐渐有了自信。年少时犯浑做了很多错事，算是老天爷对我的惩罚吧。上天给我关上了一扇门，又给我打开了另外一扇门，现在我能给别人带来健康，这不比我当初到处惹事更好吗？你一定要记住叔叔惨痛的教训，好好读书，做个有出息的人。"

几个孩子同时说："记住啦。"

说到这，我觉得整个人一下子轻松了。

一张特大的圆桌，摆满了丰盛的各色菜肴，妈妈特有的味道拼命地引诱着我。

"爸妈，可以吃饭了吧，我还真饿了。"我大声地喊道。

"再等等。"我听出爸爸的声音里有下文。

"去放鞭炮咯。"孩子们一起弹出屋子……不一会儿，鞭炮噼噼啪啪地炸响。

"阿明哥。"熟悉而甜美的声音。

是阿秀。我的心颤了颤，不由自主地迎了上去。

开饭了，祝福声中，阿秀一个劲儿地给我夹菜。

我感觉自己的心跳在加快，鼻子在冒汗。

蜘蛛人

　　他斜撑着取款机将银行卡哆嗦地插进去。数钱的沙沙声响起来了，突然炸响师傅的怒吼声和儿子的啼哭声，他跪了下去，眼前一黑，一口鲜血喷在取款机上。

　　快过年了，田森森天天掰着手指数日子。

　　田森森快一年没见到媳妇和两个宝贝了。女儿刚上幼儿园，总是在电话里问爸爸什么时候回家，老二还没有当面叫他声爸爸呢，他最近老是梦到儿子摇摇晃晃地向他走过来，叫他爸爸。

　　他六年前跟随刘师傅出来做泥水活儿，从小工做起，如今早是大师傅了。刘师傅总是夸他懂事有孝心，老乡们就戏称田森森是刘师傅的干儿子，他也从不否认。田森森长得清秀，手脚勤快废话少，大家都挺喜欢他。

　　包工头的信誉不错，提前两天把工资给结了。包工头每月只发民工1000元生活费，剩余工资到年底结账，年年如此。刘师傅喜气洋洋的，正月初八要给儿子办婚宴，好多事还等着他拿钱回去办呢。

　　刘师傅把钱存进了银行卡，田森森舍不得那几块异地存取的手续费，把钱都装腰包里了。

　　明天就可以一起回家了，大家都觉得很幸运。老乡们买来鸭脖子、鸡爪、花生米和地瓜烧等，在民工房里庆祝。哥俩好啊，六六六啊，直喝得昏天黑地。

　　田森森不胜酒量，几杯下肚连脖子都红了。俗话说，柿子专挑软的捏，就有人老是盯着他喝，他知道再这么喝下去肯定醉。这时候，邱伟来找他，他就借机会离开了。邱伟是他的小学同学，在另一个工地干活，两个工地只隔着一条马路，邱伟常来找他。田森森走到外面被冷风一吹，胃就翻腾起来，差点喷了邱伟一身。

邱伟邀田森森去他的宿舍里躺会儿，这时身后传来爆炸式的大笑声，田森森摇摇晃晃地跟着邱伟走了。

邱伟的宿舍里黑着灯，门关着。邱伟推了推门没推开，摸摸口袋对田森森说，钥匙忘带了。隔壁屋子有灯光，玻璃上贴了宣传画报，把黑夜严严实实地挡在外面，里面有许多不同的声音，被刻意压低的声音。邱伟敲敲门，门开了，里面有十几个人，围一张方桌抓鸡，桌子是用木工板组合而成，桌面上是花花绿绿的钞票。

田森森被电击似的，脑子嗡了一下，转身想离开。邱伟说："外面冷，我们只是看一下，等人来开门。"田森森不好意思拒绝就留下了。

几分钟后邱伟就上去了，不到半小时就赢了上千元，还不断地示意田森森也试试手气，酒精作用下的田森森，看了半个多小时终于忍不住了。

上去就是几手好牌，田森森也一下子赢了一千多元，但接下来很快就把赢的钱输回去不说，还一口气输掉三千多块。田森森的呼吸越来越急促，眼睛越来越红。有几个赢了钱的人陆续离开，这时有人说自己输钱了，要来大的翻本，立即有人附和，田森森输红了眼，失去理智。几个小时下来，田森森腰包里的钱被掏空了，他跟邱伟借，邱伟说自己欠着别人的钱，没钱借给他。这时有人站出来愿意借钱给他，不过是借一万要一千利息，拿九千块钱，要出一万元借条。

当田森森出了两万借条，没钱再赌的时候，发现邱伟已经不知去向。

这时的田森森酒完全醒了，蜷缩在冰冷的地上欲哭无泪，这才真正意识到，自己被人设套坑了。

田森森说自己的钱都输了，没钱还。两个放贷人就让田森森向老乡们去借，说你们老乡不是都发钱的吗。其中一个人把田森森从地上拎起来，抵在墙上说："你不是还有个干爸吗？不还钱我们可要放血了。"这人手臂上的刺青露了出来，刺痛了田森森的眼睛。

"干爸"两个字，让田森森哆嗦了一下。他一下子想到了刘师傅的那张银行卡。他和师傅住一间屋子，银行卡放在一个他熟悉的地方，密码是师母的生日。

他知道自己落在魔鬼手里了，他们不会放过他的。直到他答应去偷师傅的银行卡，他们才放他回去并尾随其后。

他蹑手蹑脚地进屋，喝了酒的刘师傅鼾声如雷。他走近师傅，师傅突然冒出一句："你回来啦？"惊出他一身冷汗。师傅翻了个身，又响起了呼噜声。师傅在说梦话，梦里还在惦记他。他恨死了自己，向师傅默默地跪了下去，眼泪像开了闸的洪水。他无助地跪在那里，眼前是没有尽头的沙漠，也像溺水的人抓不到一根稻草。窗前的黑影不断地晃动着，终于，他偷了师傅的银行卡出门。

他斜撑着取款机将银行卡哆嗦地插进去。数钱的沙沙声响起来了，突然炸响师傅的怒吼声和儿子的啼哭声，他跪了下去，眼前一黑，一口鲜血喷在取款机上。

他用一张字条包住银行卡，放了回去。这是他第一次叫师傅干爸。然后背起行李，消失在黑夜里。

西驰的大巴车上，空气被冻结了，每个人的心里都被压了块大石头。刘师傅一路沉默着，一夜之间头发几乎全白了。老家眼看就要到了，一老乡带头默默地把一千元钱塞进刘师傅的手里，刘师傅推辞了一下后，出了张借据。接着大家纷纷伸出援手。刘师傅将其中一部分，给了田森森的老婆孩子。

几个月之后，田森森成了某南方大城市的"蜘蛛人"，在他的保险受益人名单里，有刘师傅的名字。

纸 人

今天他要完成他最后一个心愿，剪一个和小莲一样的纸人，让侄子头七那天烧给他。

他打开一个油纸包，取出一张已经泛黄的老照片，照片上扎两条长辫子的女孩，朝他会意地笑着，他凝视了一会儿后放了回去，而后又打开又放回。油纸包里还有一块湖蓝色的格子手帕，照片和手帕都是小莲在18岁那年送他的。他看了许久，终于将照片装进衣兜，发动了那辆代步的电动三轮车。

他要去县城，但他没有直接去县城，而是先绕道十几里去了小莲家。这条路他很熟，自小莲嫁到邻村之后，他经常鬼使神差就走到这条路，又半路上折回来。今天他是直奔小莲家。天气不错，小莲在院子里，坐在一把竹椅上弯腰整理韭菜，刚从菜园里割来的韭菜夹着一些杂草，几只母鸡在她身边悠闲地啄食。小莲两条乌黑的长辫不见了，换成了灰白的齐耳短发，微胖的身子还透着女人的韵味。他在院墙外注视了好一会儿后悄悄离去，他不想让小莲看到他现在的样子。

在他读小学五年级的时候，爸爸病逝，有眼疾的妈妈再也看不见了，他只好辍学，妈妈和弟弟都靠他照料，村里人都夸他有志气。他长得好，大眼睛，国字脸，挺拔适中的个子，总是把自己收拾得干干净净。

他和小莲一起长大，从小就是哥哥长，妹妹短的，一个眼神，一颦一笑彼此都心领神会。在吃饱最幸福的年月，只要有好吃的，都会省下来留给对方。终于在一个月圆的秋夜，在大队部后墙高高的稻草垛边，关不住的青春让他们拥有了彼此的初吻。

他一直忘不掉那个飘着雪花的日子，小莲浑身都打湿了，雪花飘落脸上和泪水混在了一起。"我俩的事我妈死活不同意。"小莲哭着塞给他一个油布包就逃开了。没过多久，小莲就嫁到了邻村。

一转眼弟弟也到了该成家的年龄，他东借西凑，在老房子西侧盖了两间楼房。喝上梁喜酒那天，他当着队长和亲友们的面，宣布和弟弟分家。他把新造的楼房分给了弟弟，老娘和造房子借的债留给了自己。他请族里的大伯和队长给弟弟保媒，平时愣头愣脑的弟弟，扑通一声给他跪下了。

弟弟第二年就成了家，之后生下一双儿女。他花了近十年才还清造房子欠的债。这中间有人劝他找个二婚的，或者花钱去外地物色一个，好歹成个家，他都笑着摇摇头，说是习惯了和老娘相依为命。

这样的两兄弟，居然为了一把锄头翻脸了。他喜欢干净，个子挺大可说话总是文绉绉的，他爱惜每一件东西，锄头、钉耙、箩筐等农具，都收拾得一尘不染，打了补丁的衣服也是洁净的。他有把锄头，用了好些年，已经比买来时短了三寸，木把手已润成了朱红色，锋口总是被他磨得铮亮，用起来非常顺手。而他弟弟的性格和他恰好相反，大大咧咧的，用了他的锄头没有清洗，随手一丢，几天后生了锈。他心疼这把锄头，数落弟弟不会持家，弟弟梗起脖子和他抬杠，从此以后，兄弟俩啥都分得清清楚楚，见面也不打招呼。

在县医院，医生拿着他的化验结果问他家里还有什么人，他一下子什么都明白了。

从医院回家没过多久，他就不能进食了，他用电动三轮载自己到医疗站打营养点滴维持。他让侄子把老娘接过去，他要给自己的后事做各种准备。先找人在村公墓为自己建了石雕的楼房，以弥补生前没住上楼房的遗憾，而后给自己拍照，找画师画像，备下寿衣，还有准备好开豆腐饭的米、油、柴，搭棚子的油布等等。现在一切都准备好了，连木柴都像用尺子量过一样，锯得一样长短，在墙边码得整整齐齐。

今天他要完成他最后一个心愿，剪一个和小莲一样的纸人，让侄子头七那天烧给他。

从县城回来的第三天，他把侄子叫来交代后事。他从一个木盒里取出一张存折交给侄子。侄子发现下面还有一个纸人，询问。他沉默了好一会儿说，算了，她有自己的子孙了，就不难为她了。

三天后的凌晨一点，他拉响了通侄子房间的电铃，这是侄子在他病后特意装的，他说他想洗澡。弟弟进来了，他的眼睛亮了亮。洗澡的时候，兄弟俩的手终于握在了一起。侄子对他说，爸爸反复交代他，可以不孝顺爸，但一定要孝顺大伯。洗完澡，他悄悄地走了，走得很安详。

头七那天，小莲在墓地找了一个僻静处，一边烧纸钱一边和他唠叨。

凤尾花

我浮在空中，看见自己躺在地上。爸爸妈妈来了，搂住我和弟弟痛哭。是哭我还是哭弟弟呢？

我叫爱凤，许多人叫我凤尾花。

我是家中老二，我妈一口气生了四个女儿，在我八岁那年，终于生下了一个弟弟。生下弟弟后，我妈的嗓门大了，我爸的背也挺直了。那年我读一年级，我姐读三年级，我家是生产队的特困户，我们俩一起辍了学。姐给生产队放牛，我负责带弟弟。

我太想上学了。学校离家不远，妈妈给弟弟喂过奶后，我就背弟弟去学校，站在窗户外旁听，等弟弟饿了，我背回家让妈妈喂奶。我削了一根硬木棍做笔，去皮，削尖头，在泥地上写起来还挺方便。那时教室里也是泥地，哪里都可以随心写，老师教的我都会。老师还常在班级里表扬我爱学习，批评那些不爱读书的熊孩子，身在福中不知福。有时候弟弟在背上睡着了，我还可以进教室里坐下听课。

弟弟会走之后，我的事就多起来，要割猪草，还要赶鸭放鹅。家里养了几头猪，我常常一大早带弟弟出门，先割些猪草，然后去学校听课，有时猪草割得少了，回家还得挨骂、挨打。小伙伴们听说了，都说我爸妈太狠心了，就主动在上学的路上帮我扯些猪草，好让我回家交差，还给我出点子，把盛猪草的篮子浸泡在水沟里，猪草就不会被太阳晒瘪掉了，还有的让我用树枝把篮子架空，表面放一层糊弄我爸妈。我还真试过几次，有一次穿帮了，被痛打了一顿。

爸爸话很少，不怎么强壮，在生产队里总是唯唯诺诺的。但是在家里打起女儿来，手一点儿也不软，弟弟但凡受到丁点儿委屈，总下狠手打我。有一次，我不小心让弟弟摔了一跤，脸上刮破了一点儿皮，爸爸拿竹鞭抽我。竹鞭是爸爸特制的惩戒工具，平日里挂在高处。竹鞭是软的，上面有好多节，打在身上钻心地疼。我们姐妹几个看见竹鞭就发抖。我向来倔强，打死也不肯讨饶的货，这回把我打急了，我放出狠话："别把我们女娃不当人，再这样打我，我就把弟弟掐死。"这话还挺灵验，这以后，我们女娃挨打的时候就少多了。

刚背弟弟时，总听乡邻们说，这娃真可怜，人还没有桌子高，成天背着个娃，以后肯定长不高了。奇怪的是，我就像石缝里的野草，腿长胳膊长，反而长得比同龄人高，比长我两岁的姐姐还高，乡邻们又是一阵感叹。我十一岁的时候，已经有亭亭玉立之感，又黑又粗的大辫子弹性十足，小蓓蕾也日渐饱满，感受到男孩子异样的目光时脸就会潮红。凤尾花开的时候，我喜欢剪下一朵插在发辫上，就有人夸我美得像凤尾花，我听了心里美滋滋的。

一天下午，我照例牵着弟弟，把一群鸭赶去不远处的河里。鸭子怕热喜欢水，夏日里不去水里嬉戏一番，就不肯下蛋。

这里有一个高高的水坝，把上面的河道截流分成两支，一支进老河道，一支进新修的水利灌溉渠。水坝下面像一个大水塘，水面平静宽阔，鸭子不易跑散，石坝的石缝里还常有小鱼小虾给鸭子做美食，是我放鸭的小天堂。时间差不多时，我嘎嘎地唤几声，鸭子们就上岸跟着我回家。

鸭子戏水找食的时候，我就带着弟弟在河滩玩耍。弟弟金贵，是绝对不允许下水玩的。那天，我不知怎么的闹肚子了，附近没有遮挡，只有一个挖沙留下的深坑，情急之下，我跳进深坑，让弟弟在上面等我。我还没拉完就发现弟弟不见了，我急忙往上爬，爬了几次才成功。喊弟弟，没人应。我突然发现水里有一只小手。我一边喊救命一边跳进水里，扑腾了几下，总算抓住了弟弟，用力把他推向岸边浅水处。我咕嘟咕嘟喝了好多水，我挣扎着想靠岸，越挣扎在沙里陷得越深……水坝下的水塘看似平静，其实是一个大锅子一样的深水潭。

我浮在空中，看见自己躺在地上。爸爸妈妈来了，搂住我和弟弟痛哭。是哭我还是哭弟弟呢？我想应该是哭我吧。生产队里的人来了一大半，都哭我是个苦命的孩子。我并不难过，我终于看到爸爸妈妈为我哭了。

我的身子越来越轻，飘得越来越高……

一把桃木梳

今天终于有机会到县城。看到一把雕花的桃木梳，想想你用这把梳子梳头的样子，就觉得很美。偷窥了你的秘密，送你一把梳子算是赔罪。

"阿囡，我今天梳过头了没有？"老妇人一边喃喃地问，一边四处摸镜子。

"梳过了，梳过了，你看，头发光溜着呢。"阿囡急忙把镜子递上。

"阿囡，我就要去见你爸了，我要是忘记梳头，你可一定要告诉我。"

两年前德全公离世，老妇人一下子变成被抽空的皮囊，近日已经无力下床，脑子一会儿清醒，一会儿糊涂。

老妇人每天醒来的第一件事，是让阿囡扶她坐起来，她要梳头。老妇人的一双手僵硬枯瘦，颤颤巍巍地摸到发髻后解开，然后，左手抓住头发，右手用一把桃木梳子，把周围的头发很仔细地往发髻处梳，梳几下，就停下来喘口气。

老妇人梳头时不用照镜子，梳好了才拿镜子照一照，她梳得发髻像用了定型发胶，一整天也不会凌乱。

老妇人梳头的时间越拉越长……

"妈，让我帮你梳吧。"

"不用，我自己来。阿囡，你看仔细了，哪天我真梳不动了，你要帮我梳成现在这个样子，我要这个样子去见你爸。"这几句话，老妇人说得断断续续。

老妇人叫金凤，16岁嫁给德全，育三子一女，生下三子后，终于盼来了小公主阿囡。

德全是村里唯一读过私塾到县里上过中学识文断字的人，做了30多年记工分的小学老师，直到被落实政策。当年，金凤初嫁时，德全被称少爷，后家中变故，变卖了大部分田产。德全身高一米八，貌若潘安，穿着打补丁的旧衫，也是玉树临风的样子，直到寿终正寝，依然鹤发童颜。

知道老妇人叫金凤的人极少，先是叫她少奶奶，后来叫她师母，再后来叫她师奶。

老妇人的手无力举过头顶，阿囡接过了老妇人手里的桃木梳。桃木梳很精致，脊背上雕着天女散花，已经成暗红色，拿在手里有温润如玉的感觉。

阿囡解开老妇人发髻的时候，老妇人的身体颤动了一下。突然，阿囡的手触电一般缩回。发髻下光秃秃比鸡蛋还大的一块疤痕灼痛了阿囡的眼睛，疤痕高低不平像是烫伤或者烧伤留下的。稍后，阿囡定了定神，按照老妇人的样式梳好发髻，拿镜子让老妇人照了照。老妇人看后喃喃道："对不起你爸，瞒了他一辈子……他那么讲究，不想让他难受。"声音仿佛从皮囊中慢慢爬出来。

阿囡小时候从未见过妈妈梳头，见妈妈的头发总是整整齐齐地盘起，乌黑油亮，以为妈妈的头发是天生盘起不用梳的。

阿囡梳两条光溜溜的大辫子，一蹦一跳时前后甩着很是好看。阿囡记得刚学会编辫子那会，手痒痒，很想给妈妈也编两条辫子。一次，阿囡刚从背后想打开妈妈的发髻，妈妈就弹簧一样从凳子上跳起来，呵斥阿囡不要乱碰她的头发。阿囡从未见妈妈发这么大的火，委屈了好一阵子。

最后的那几日，阿囡每天都仔细为老妇人梳好发髻后，递上镜子。阿囡几次想问一问伤疤的来历，终究还是没有问。

整理两位老人的遗物时，阿囡从书桌抽斗底部，找到一个红木镜框和一本日记本，日记本压在镜框下面。镜框里是一张一对玉人巧笑含羞的合影，阿囡小时候见过。日记本早已泛黄，阿囡翻开日记本，看到了下面两段话。

"亲爱的凤，你总是黛发高挽清丽脱俗的样子，睡觉也不解开发髻，想看看你长发飘飘的模样，总是被你婉拒。昨晚半夜醒来，看你睡得那么沉，就偷偷解开了你的发髻……震惊之余我体会到你钻心地痛，体会到你的用心良苦，我会永远为你保守这个秘密的。"

"今天终于有机会到县城。街上有些冷清，听说当官的有钱的人都准备跑路了。看到一把雕花的桃木梳，想想你用这把梳子梳头的样子，就觉得很美。偷窥了你的秘密，送你一把梳子算是赔罪。"

阿囡合上日记本，再也管不住自己的眼泪。

婚姻这杯酒

婚姻仅仅有爱是不够的……

电话里传来清岚有点沙哑而疲惫的声音："累死我了，忙了一整天。没心情回家，陪我聊聊。"

清岚最近总是在这个时候给我打电话，我知道她回家后就没空和我聊，也不方便聊，接到清岚的电话，我总是放下手中的活，耐心地倾听，谁叫我们是发小呢。

在一般人看来，清岚是幸福的。清岚毕业于名牌大学，典型的江南美女，聪慧高雅，吐字如兰，外柔内刚，豁达干练，在业内受人尊崇。有一段爱情神话，有一个可爱到极致的女儿丹丹，这些都让人羡慕。

我知道清岚心里苦，她遇到了大麻烦。

清岚生于江南书香之家，父母都是教师，独生女。浩天的老家在北方农村，是长子，下面还有两个弟弟。他俩同时跨进了南方一名牌大学。浩天一米七八的个子，英俊挺拔，是学生会主席。清岚清丽典雅，聪慧美丽，是学生会文艺部部长，他们以各自的魅力吸引了对方，在大学四年里爱得轰轰烈烈，荡气回肠。校园里每一条小道都留下了他们牵手相依的情影，每一棵小树都见证了他们爱的宣言。他们双双以优异的成绩毕业，留在了这座见证了他们爱情的城市。尽管清岚的父母极力反对，他们俩还是冲破一切阻力，在毕业后的第二年走进婚姻的殿堂。婚房是租来的，只有二十多平方米，伤心的父母没有参加他们唯一爱女的婚礼，面对如此倔强的女儿，唯有在背后为他们默默祝福。

婚后第三年，经过两人的共同努力，按揭买了一套六十多平方米的房子，终于有了自己的一个温暖小窝。他们的爱情结晶爱女也随之降临，直到此时清岚都没有勇气回娘家见自己的父母。那时尽管很艰辛，三口之家的温暖让清岚克服了年轻人望而却步的困难，度过了那段艰难的岁月。

爱女出生的第二年，浩天的父母携同浩天的两个弟弟一同住进了他们的小窝。老家很穷，浩天一家倾其所有供浩天读完大学，浩天的父母看儿子出息了，自然而然地认为该依靠儿子享清福了，尽管他们还不满五十岁。浩天要尽孝道也为了充面子，要让父母过上衣来伸手饭来张口的日子，两个弟弟为了自己完成学业早早辍学，也要为他们找份差事照顾好他们的生活起居。生活的重担一下子都压在了清岚的肩上，除了工作还要照顾一大家子人的吃喝拉撒，浩天的父母居然认为媳妇为他们做这些都是天经地义的事。为了维护浩天的颜面，清岚不得不将孩子托付给自己的父母，谎称自己要读研，要晋升职称，以便能腾出手来料理日常生活。可想而知，不同生活习性的这么多人，挤在六十多平方米的房子里，对清岚来说是一种什么感受。她觉得自己成了外人加佣人。尽管清岚非常地贤惠善良，也经不起日复一日的折腾，浩天夹在中间也是越来越郁闷，相互责怪也越来越频繁。压抑的生活使浩天的性情大变，慢慢地变得不思进取破罐子破摔起来，抽烟喝酒，不断地跳槽，动不动对清岚发脾气。清岚一直央求浩天两人一起搬出去住，哪怕搬回之前的那间小屋，浩天始终以沉默来拒绝，昨晚两人又谈崩了。

"这样的日子我都过了快五年了。眼看丹丹要上小学了，我想把孩子接回来读小学，现在的处境我怎么接啊？离婚？这个念头在脑子里赶都赶不走，可一想到我俩走到一起多么不容易，就犯心口疼。当初我那么一意孤行，我真的熬不下去了，我都快疯了……我该怎么办？"

电话里清岚又哽咽起来，我知道她一定是泪流满面。

我无言安慰，唯有静静地听她倾诉。

辞 官

王书记哈哈一笑说："你一进来我就知道你要拉什么屎。"

田洪生这天破天荒地睡到日头升到半空才醒来。他起床后找出牙粉刷了牙，又把头埋进脸盆，用毛巾把犄角旮旯仔细擦个遍，随后他揭开锅盖，见蒸架上有一海碗米饭，几片腊肉，还有半碗青菜。家里静悄悄的，老四老五老六都去上学了，老伴儿玉珍和老三都不在家，应该是下地忙活去了。田地刚刚承包到户，还会有谁闲在家里？他三口两口地扒完饭，换上一件半新的对襟蓝布褂子，骑上那辆刚买不久的永久牌自行车出门。

自行车被田洪生擦得晶亮，太阳一照，晃人眼睛。他一跨上自行车，心就飞了起来，觉得清脆的铃声比啥都好听。为了存钱买自行车，田洪生把烟也戒了。

他骑车去大队部找王书记，他要辞掉当了快三十年的生产队长。

这一个多月田洪生就没有睡过一个囫囵觉。春节一过，他接到通知到公社开会，会议精神是要在春耕之前把田地承包到户，这可是他从来都没有想过的事，回家还愣了好几天。全队有二百多亩水稻田，几十亩旱地，37户人家。田有好有孬有肥有瘦，户户都是瞪大了眼睛看怎么分，如何搭配公平又方便耕种，实在是不容易。昨天终于全部丈量完毕分配到户，只有远离村庄的几十亩淡竹林，不便分配到户，征求大队部同意后暂时保留为集体经济。分完了田地，田洪生顿觉脚底打飘人被抽空了似的。田洪生想，田地都分到户了，还要他这个生产队长做什么？这回他觉得真该卸任了。

田洪生所在的村庄叫三河湾，地形是长条形的，东西长，南北窄，北靠山丘，南临茗溪河。上游的茗溪河在西村口被一水坝拦截，分成了三支。一支是自然的主溪在西侧顺势而下；一支居中是修建的灌溉渠，基本承担了整个三河湾近两千人的生活用水和灌溉用水；一支是自然形成的，顺着北面的山脚走，水源也是自然的，只在上游修了一道水闸，当洪水发生时可以关闸截洪，让洪水从主河道走。居中的灌溉渠是解放初期新建的水利工程，用水泵抽水，将水坝截留的水送到灌溉渠。这里建了非常神奇的水利系统，水泵的泵房，水泵，还是在苏联专家的帮助下建的，水泵不用电，打开进水闸，就能二十四小时抽水，而且流量惊人。

田洪生之前有过几次因为赌气要辞掉队长，都被王书记骂了回去。田洪生不仅要当好这个队长，还要负责这两条灌溉渠的水资源管理。田洪生所在的生产队是三河湾的第一生产队，在最上游，在灌溉高峰期，如果不能节约用水，兼顾下游，则下游七八个生产队的灌溉就很成问题。这些年的农忙时节，田洪生都安排了专职放水员，基本上都在夜间放水灌溉，白天灌溉渠的水就直奔下游，上下游之间相处的一直挺和谐。洪水来袭关闸引流的时候，要组织社员日夜守在堤坝上，只有田洪生在，王书记才放心。

王书记看到穿戴整齐的田洪生，就知道田洪生找他干什么，于是和田洪生东拉西扯起来，不给田洪生说事的机会。

"王书记，我是来请求辞去队长的，田都分到户了，各人干各人的，我这个队长也没啥用了。"田洪生突然明白了王书记的用意，打断话题，很认真地说。

王书记哈哈一笑说："你一进来我就知道你要拉什么屎。刚分田到户，意想不到的事多着呢，你这个时候撂挑子，三个字，不同意。"

"我老了，干不动了，该让年轻人接着干了。"田洪生是铁了心要辞职。

"那你得给我们带一个接班人出来，我们考察合格你才能歇担子。"王书记看着已经有些苍老驼背的田洪生，心想，是该考虑找个接班人让他歇歇了。王书记太了解田洪生了，田地都承包到户了，生产队长没有生产可管，还不把这头性急的倔驴给憋死？

王书记问田洪生："你觉得谁能接你这个担子？"

"我觉得蒋大勇可以。"田洪生见王书记皱起了眉头，补充说："虽说蒋大勇是地主成分，剥削人的是他老子又不是他，他有文化，能力强，样样拿得起，人缘也好，现在不是不讲成分了吗。"

"虽然不像以前那样讲成分，让他当队长还是有问题的，等有了合适的接班人再说吧，要知道你们队位置特殊，出了问题会影响整个大队的。"不容田洪生再争辩，王书记拍了拍他的肩膀算是下了结论。

退居二线

　　大队在第一小队召开了现场会，介绍第一小队合理规划灌溉网的经验。田洪生借机会把蒋大勇推了出来，大队部经过研究，正式任命蒋大勇为第一小队队长。

　　田洪生从王书记那里回来后，就找蒋大勇谈心，接着召开了社员大会，把蒋大勇推上代理队长的位置，自己退居二线当顾问。代理期是半年，对外不宣布，到时候要大队部考核通过才正式当队长。田洪生相信自己看着长大的蒋大勇，他隐瞒了王书记没有同意的真相，心想，现在没人比他更合适，生米煮成熟饭后，上面自然也没话可说了。

　　退居二线的田洪生浑身轻松，一头扎进自己的责任田。为了让大家心服口服，他家分到的责任田在山脚下，和三队接壤又远又瘦，还是多块不规则的小田，为此老伴儿玉珍和老三家旺还跟他闹了好几天的别扭。田洪生中等个子，不胖不瘦，大眼睛大鼻子大嘴巴，虽然已经五十开外背也开始有点驼，但胳膊腿和声音还是给人一种干练的力量感。他一边扶犁一边吆喝老牛，水花欢快地追逐着新翻开的泥土。田洪生把裤脚管高高卷起，腿上露出的白皮肤与饱经风霜的棕色脸庞，在阳光下反差极大。他把几块不规则的小田，平整成横平竖直的大田，再用猪栏粪混合草皮上足底肥。

　　田地承包到户之后，各家的积极性空前高涨，问题很快也出来了，有许多户不知道如何浸谷种，做秧田，这件事如果做不好，是要直接影响收成的。之前在生产队里，像这种技术活，都是委派有经验的人来做。田洪生把蒋大勇推在前面，建议蒋大勇把有经验的人组织起来，进行分头指导。田洪生自己是一等一的好把式，他把自己的责任田做成了示范田，手把手地教，并一家家地查看育秧情况。

秧育好了，田种下了，各家总算松了一口气。新的问题马上又出来了，灌溉的水渠无法独立，许多田的灌溉水要从其他田里过。这可是个棘手的问题，比如这家刚施了肥，要借田放水，那肥水岂不流入了外人田？还有用水旺季水源不富足，很多需要晚上灌溉，有些人为了自己方便，自己开沟灌溉时，会偷偷堵上别人家的，为此纠纷不断，还差点大打出手。在下游的几个队更是叫苦不迭。

一有纠纷，大家还是习惯性地找田洪生解决，为了树立蒋大勇的威信，田洪生只在幕后给蒋大勇出主意，由蒋大勇出面调停，自己晚上悄悄去田头督查灌溉情况。并根据新问题，规划了新的灌溉网，由蒋大勇监督实施。经过一段时间的梳理，分田到户引发的实际问题，基本得到了解决。这种矛盾不可避免地在其他队出现，还发生伤人事件，大队在第一小队召开了现场会，介绍第一小队合理规划灌溉网的经验。田洪生借机会把蒋大勇推了出来，大队部经过研究，正式任命蒋大勇为第一小队队长。

这期间，田洪生操心的事特别多，结果动不动就哎哟哟地喊牙疼，老伴儿玉珍看着心疼，免不了要埋怨几句。田洪生结婚不久就当了队长，家里的事全靠玉珍，这二十几年下来，六个孩子都长大了，这个当爹的也没有抱过几回孩子。如今六个孩子中，老大家丰已经独立门户，像他爸一样事事要强。老二春花已经出嫁，老三家旺刚满二十，但出生后赶上饥荒，从小营养不良，身子有点单薄。后面三个都是女娃，都还在上学。一家人全靠这几亩田过日子，田洪生要是累垮了，这一大家子人怎么办？

卸任队长的田洪生，除了扎进自己的责任田，还是喜欢到处转悠，指点这个，指点那个。有时候看着蒋大勇忙进忙出，心里多少还会生出一丝落寞。

初尝甜头

广播里传来王书记高亢的声音："田洪生创造了早稻亩产1080斤的奇迹，是科学种田的模范。广大社员们要好好学习田洪生的经验，好日子是干出来的……"

这天，像往常一样，天刚蒙蒙亮，田洪生肩扛除草的耥耙来到田头。太阳刚从东方露脸，慷慨地把田野染成丹霞色。田洪生立在田头，看稻苗在霞光中像威武列队的将士，心里美滋滋的。从翻土施肥到插秧除草，他做得一丝不苟。用特制的耥耙除草叫耥田，去除杂草外还有松土的功能，能促进稻苗生长。一季一般是耥两次田，田洪生这是耥第三次了。眼看着自己田里的稻苗比周围高出一大截，叶子又厚又肥，他一边麻利地交叉向前，一边想着稻穗点头弯腰的样子，手底沉沉地加了一把劲儿，把田里的田螺碰得咯咯响。

"田叔早！"蒋大勇肩扛铁耙到田头。

"田叔，上来歇一下，抽根烟吧。"蒋大勇恭敬地喊道。后面又陆续过来了几个人。

"啧啧啧，你看这长势，姜是老的辣，不佩服不行啊。"几个人由衷地赞叹。

蒋大勇搭把手把田洪生拉上田埂，说："田叔，您是怎么做到的？我们都是来取经的，王书记也说要来参观呢。"

田洪生嘿嘿一笑，一手叉腰，一手接过蒋大勇递上的香烟。

"经验嘛，一是插秧的时机，二是施足底肥勤管理。"田洪生的声音里透着一股自豪。

"王书记说，收割前在这里开一个现场会，要田叔做经验介绍。"蒋大勇喜滋滋地说。

"真没啥可介绍的，庄稼也重感情，全心去做就是了。双抢一开始，大家都忙得脚底朝天，哪里还顾得上这个？"田洪生连忙对蒋大勇摆手说。

转眼到了盛夏，知了不知疲倦地把一片葱绿唱成了遍地金黄。在三河湾，站在高处一眼望过去，除了掩藏在绿荫下散落的农舍，都是金灿灿沉甸甸的稻穗。和期待的一样，田洪生责任田里的水稻在一片谷浪中，鹤立鸡群般高出一大截，那粒粒饱满的稻穗，在微风中低首垂眉。田间到处立着站岗的稻草人，有的还穿衣戴帽，远看还真的挺像，常能看到惊飞的麻雀像箭一样射出。来田头干活的人，都喜欢先到田洪生这里转一圈，盘算着这一亩田能打多少斤谷子。

承包责任田的第一个双抢开始了，与往年不同，现在是为自己家干活，除了正午的时候，在家避暑小睡，大家都是早上披着星光到田头，晚上到看不见了才收工。这是一年里最紧张最辛苦的日子，厚实的土布衣服，一天要被汗水浸透几次，连裤子也是，换下的布衣上会结一层白白的盐霜。

田洪生吃过午饭刚想在竹床上眯一会，广播里传来王书记高亢的声音："广大社员们，承包责任田后，大家的劳动热情空前高涨，到处都是大丰收的景象，我们再也不愁饿肚子了。昨天，我们各个小队的队长，在第一小队田洪生的田头召开了现场会，田洪生创造了早稻亩产 1080 斤的奇迹，是科学种田的模范。广大社员们要好好学习田洪生的经验，好日子是干出来的……"

田洪生欢喜地点上烟大吸一口。辞掉队长之后，田洪生平常严肃的脸渐渐松弛，戒了两年的烟又捡起来抽上了。

玉珍拿了一套干净的衣服过来让田洪生换上，然后抱着田洪生换下来的衣服到河沟里清洗。衣服要赶在下午晒干，晚上还等着换呢。

这一季，每亩的产量平均比往年高出三成，而田洪生的责任田，又比其他人一亩田多打 300 多斤。

想着以后香喷喷的米饭可以放开肚子吃，这个夏天到处都是喜气洋洋的。双抢时，一天一般要吃五顿，要在田头吃两餐点心，这时候，当家的女主人，要变着法子给下地干重活儿的人做点好吃的。鲜肉是凭票供应的，农村人买不到也舍不得花那个钱。田洪生在每年的这个时候，总能吃上老伴玉珍保存很好的腊肉。三河湾队过年的时候多数人家会杀猪，不管是大的小的瘦的肥的，有猪的人家都会杀。谁家的猪养得膘厚肉肥，就会被大家夸赞。没猪可杀的人家，会向杀猪的人家借肉，等自家杀了猪再加点分量还上。能年年有猪杀，到双抢时还有腊肉吃，是这家女主人会不会持家的标志之一。腊肉保存不好的话，会有油耗味，玉珍为了保存腊肉，会用雪里蕻晒一大缸的霉干菜，将过年腌制的腊肉，一层霉干菜一层腊肉地放置，霉干菜上再用几块大石头重重地压严实，平常不轻易打开，等双抢的时候打开，腊肉的香混合雪里蕻的香，那叫一个好吃。

每到双抢季节，家丰和春花两家人都要回到老屋来吃饭。一张八仙桌肯定坐不下，下地干活儿的人在桌子上吃，其他人夹点菜在下面吃。老四春兰已经下地干活儿，能坐在桌子上吃饭，在两个妹妹面前就觉得特别神气。大热天的，吃鸡吃鸭不稀罕，有上好的腊肉吃才稀罕。春兰上中学，暑假里像大人一样，割稻插秧，一点儿也不含糊。老五春梅和老六春妮还在上小学，两人负责带孩子，捡稻穗，赶鸭放鹅割猪草，在这个与老天抢时间的时候，老老少少谁也不会闲着。

这个夏季，玉珍新养的母猪生下头胎，头胎就下了八头猪仔，个个活蹦乱跳的，那八个小家伙总是喜欢打闹抢奶头，还把房前屋后能拱的土，拱了好多遍。

思 变

　　蒋大勇看到效益后，鼓励大家在农舍的房前屋后，旱地菜园里种上桑树，有的还将水稻田也改种桑树，田洪生则忙前忙后地教技术做指导，一时间，三河湾户户种桑，家家养蚕，好不热闹。

　　有了责任田承包后第一年的种植经验，三河湾在以后的三年里，粮食可以说是家家富足，连每年都要向队里借粮过年的困难户，家里的谷仓都屯得高高的。田洪生已经不满足种好自己的责任田，他闲时就会骑着他的永久牌，到处转悠，直到有一天，他用自行车，载回来两大捆桑苗。

　　三河湾顺着主溪流有一条防洪的堤坝，堤坝下有一大片荒废的河滩，因为都是少土的沙石，洪水季节又会被水淹，除了有人会在冬季东挖一小块，西挖一小块，撒点青菜萝卜种子，一直都荒废着。田洪生承包了河滩上的这块荒地，种上了桑苗。

　　田洪生带着家旺，在每棵种桑苗的位置，挖一个深坑，填上两筐土，埋进猪栏肥后再把桑苗种上。不久，种下的桑苗就抽芽了。水稻田和桑树地都要猪栏粪做基肥，猪圈里原来有一头老母猪和两头肉猪，猪栏粪不够用，田洪生就加盖了一间猪圈，玉珍又添养了一头老母猪和一头肉猪。猪栏粪可是农家的宝，以前在生产队的时候，田洪生就鼓励各家多养猪，多出猪栏粪，猪栏粪是按担数记工分的。田洪生每天为猪圈换上干草，将猪栏粪捞出混上其他的草皮发酵，做成堆肥，在耕种的时候做基肥，有了基肥，农作物才长得好。

　　这一年，春兰考上县城的高中，住在学校，春梅在七八里外的公社中学读初中，出门早回家晚，家务事就帮不上什么忙，春妮成了玉珍的主要帮手。春妮难免时常嘟起小嘴巴，她眼巴巴地盼着像姐姐们一样长大上中学，飞出去。

　　种下桑苗的第三年春天，玉珍开始养蚕。春蚕养了半张籽。这一年，春兰读高三，春梅读初三，都要面临升学考试。春妮讨厌割猪草，却很快喜欢上了养蚕。领来的蚕种只有几克重，黑黑的圆圆的很小，用白纸垫着，放在一个小圆匾里，一点儿也不起眼。二天后，小圆点变成了细细的一条线，黑黑的毛茸茸的，初喂要选干净又不老不嫩的桑叶，用专用刀，将桑叶切成适当长的细条，撒在上面，那些小黑线就找到桑叶的边沿，来回摆动还看不太清的小脑袋，细微的沙沙声，像美妙的乐章，春妮一下子就迷上了。

蚕宝要经过四次长睡眠，除了这四次睡眠，其他时候都是日夜不停地吃桑叶。每一次睡后醒来，就要脱一层皮，变大许多，特别地神奇。眠的时候，等于宝宝们都熟睡了，醒来时脱下一身不够大的皮装，换件新的，然后连续猛吃五六天，直到吃累了，那身皮装又不够大了，再好好睡一觉，再换装。三眠以后蚕宝宝就成了白白的肉肉的，很可爱，放在掌心有一种很温润的麻酥酥的感觉。她们不停地吃着桑叶，隔了几间屋子都能听到沙沙声，有千军万马之势。等到四眠也就是常说的大眠之后，这种气势非常震撼，堆上厚厚的一层桑叶，转眼之间就只留下叶茎，而且是白天连着晚上。所以，等蚕大眠之后，采桑叶就是全家的头等大事，全家男女老少一起出动。等蚕宝宝的身体渐渐透明时，就是宝宝老了，要吐丝做茧了。为了保证蚕茧的品质，田洪生用干稻草秸扎成圆柱形的草陇，一排排放在室内通风的地方，再把老了的蚕宝宝放在上面，让宝宝找个舒适的地方吐丝织茧，然后摘下茧子卖到专门的收购站。田洪生为了养蚕在住房外围搭建了一些简易房。这做草陇也有讲究，先是打草绳，再选上好的干稻草，去除头尾杂叶，截取四十厘米长左右。做得时候要两个人配合，将两股草绳一头分开固定，另一头合拢按上一个转动装置，一个人转动绳子，一个人将切整齐的稻草依次插进草绳。插稻草也很讲究，要把握节奏，不急不缓，看人打草陇是很享受的，富含律动的和谐之美。

桑树成长期内，桑叶的产量会迅速递增，第一年春蚕养半张籽，秋蚕就养了一张籽，第二年春秋各养了二张籽，第三的桑叶一季就够养六张籽的了，玉珍忙不过来，就分些蚕种给家丰春花家养。一张蚕籽的蚕茧可以卖二百多元，比一亩田种二季水稻的收入还要高，虽然忙，但真正忙的就是蚕大眠之后的十几天。蒋大勇看到效益后，鼓励大家在农舍的房前屋后，旱地菜园里种上桑树，有的还将水稻田也改种桑树，田洪生则忙前忙后地教技术做指导，一时间，三河湾户户种桑，家家养蚕，好不热闹。

谋　略

　　前面三个已经错过了，春兰赶上好时候不能再错过。我就不信
大学的门只为城里人开，春兰去年荒废了半年，也只差三分，今年，
不让她下地了，让她一心一意复习高考……

　　春兰高考落榜，回到家寡言少语，经常发愣。除了干农活儿，一闲下来，就
打开书本发呆。玉珍担心春兰想不开，会得失心疯。田洪生鼓励春兰不要灰心，
来年可以再考。同时，春梅上了高中，春妮上了初中，这让三河湾的其他同龄女
孩很是羡慕。

　　这是责任田承包到户后的第六个年头，这几年风调雨顺，粮食满仓，养蚕养
猪的收入颇丰，田洪生的家底渐渐丰厚起来。除了主要农作物水稻，在桑园里播
种花生黄豆等也增收不少。田洪生能做一手好豆腐，往年，要到腊月二十四才做
豆腐，一年做一次。豆腐是用卤水点的，在冬季能存放很久，是春节招待客人的
主打菜肴之一。因为这年在桑园里多收了好多黄豆，田洪生一入冬闲就做起了豆
腐。田洪生做豆腐很有些名堂，每年都有人来取经，但做出来的豆腐就是没有他
做得好看又好吃。田洪生一做豆腐，乡邻们都来讨豆腐吃，有些人就用自己家的
黄豆来换豆腐，结果，豆腐一做出来就分完了。于是，田洪生家成了豆腐坊一样，
家里的黄豆越来越多，田洪生后来干脆天天做，他在自行车后座上做了一副放豆
腐的物架，多余的豆腐让家旺骑自行车到市集上、到邻近的村庄上叫卖，算一算
收入很不错，田洪生家又多了一条致富路。尝到做豆腐的甜头，田洪生又酿起了
米酒。往年也只是在过年的时候才酿酒，酿普通的米酒，也酿高度的白酒。现在
粮食富足了，田洪生一边做豆腐，一边酿酒，他酿的酒也很快成为抢手货。有了
豆腐渣和酒糟，玉珍喂猪也方便许多。同时，家丰也很活络，忙时专心农活儿，

养蚕，闲时找各种小买卖做，帮县里几家企业收购原材料，也成了三河湾的致富带头人。

第二年，家旺在县城里租了一个小门面，挂招牌卖洪生豆腐和洪生米酒。田洪生忙不过来，就收了一个徒弟当帮手。家旺买了一台拖拉机，忙时耕田，闲时做运输工具。田洪生每天做定量的豆腐，一早上市，不到中午就卖完了，从不多做。喜欢吃洪生豆腐的，常要排队购买。后来洪生收购乡邻的黄豆和大米用来做豆腐和酿酒，家旺也转向照顾店里生意为主，把种双季稻改成种单季稻，店里的生意越做越红火。

春节以后，田洪生打听到临县办了高复班，学费住宿费加起来三百多元，田洪生一点儿也没有犹豫，就把春兰送去了。第二年高考，春兰还是以三分之差落榜。

成绩公布那天，春兰失魂落魄地回到家，哭着把书本扔了一地。

田洪生默默地将书一本本捡起来，用衣袖擦干净，对春兰说："不就是只差三分吗？天又不会塌下来，明年继续考。"

"你不能太宠老四，女娃总是要嫁人的，读了这么多年的书还不够？十里八村也没听说谁考上了大学，农村人哪有这么好命，到时候别大学没考上，把人变成了什么用都没有的书呆子。"玉珍看不下去，把田洪生拉到一边说。

"女人就是头发长见识短，你也不看看这几年的变化。前面三个已经错过了，春兰赶上好时候不能再错过。我就不信大学的门只为城里人开，春兰去年荒废了半年，也只差三分，今年，不让她下地了，让她一心一意复习高考，直到年龄超过不能考为止，我就不信春兰考不上。"田洪生的倔脾气又上来了。

"家旺盖房结婚的事怎么办？也不能耽搁了，媒人都来催了。"玉珍反问老伴。

"我还是这个家的当家人，盖房结婚可以晚个一年半载的，考大学的事不能耽搁。"

听老伴这么说，玉珍不好再反对。玉珍不是不想让春兰继续复读，是家旺二十七岁了还没有成家，家丰这个年龄时都有两个娃了。家旺先天不足发育迟缓些，一年前才说好一门亲事，女方希望能早点盖房子结婚，再让春兰复读怕亲家说闲话。

在田洪生的坚持下春兰继续读高复，一年后终于考上梦寐以求的大学，户口也同时迁出，成了国家的人，是三河湾第一个飞出去的金凤凰。接到录取通知书那天，田洪生放了好多大炮仗，门前的晒场，落下一层厚厚的红纸屑。同年，老三也盖了新房子，娶了媳妇。喜事连连，就是把田洪生这对老夫妻忙得够呛，一下子添了许多白发。

春兰考上大学的第二年，春梅也考上了大学，两个女娃都考上大学，成了十村八乡的稀罕事。有前面两个姐姐做榜样，春妮的成绩也名列前茅，三年后也考上心仪的大学。榜样就在身边，三河湾这个普通乡村，以读书为荣，形成了家家关心孩子学习的风尚。孩子们的学习热情都非常高，有好几年县里的高考状元都出自三河湾。三河湾半数家庭都出了大学生，还有的是硕士生、博士生，家庭结构发生了很大的变化，亦农亦工，亦农亦商，日子过得越来越滋润，此为后话。

守护土地

　　田洪生听到这些话急了，说："蒋大勇真不是个东西！这事没人管我老头子来管，千万不能让他们办这个电瓶厂，要是把这河水、土地、地下水都污染了，子孙们以后吃什么？不能让他们赚这种断子绝孙的钱。"

　　家丰与人合伙在县城办了一家家具厂，专做办公椅系列。虽然是初次创业，也是做得像模像样。家旺小夫妻在豆腐店的隔壁又租了两间铺面，开了个小饭馆，家旺身板虽然单薄些，但是头脑灵活，这兄弟俩都把自己的责任田转包给了别人种，专心打理生意。

　　一转眼，田洪生七十多了，腰椎间盘突出，背驼得厉害，裁缝师傅给他做衣服的时候，后背那块要多留好多尺寸。他口里常说不服老不行，腰杆子不行了，腿脚不灵便了，可心里还是不服老。三个女娃考上大学后都把户口牵走了，毕业后都分配在城里工作，在城里安了家。家旺早已独立门户，现在只剩老两口的户口在，田地相应减少了大半。三河湾的一些人和事都在悄悄改变，承包到户几年后，每家的粮食都有富足，慢慢从种双季稻改成种单季稻，劳动强度大大减少。儿女们都劝老爷子不要种田了，把田让给其他人种，田洪生就是放不下，说自己种的米好吃，大家只好由着他，收种的时候回来帮忙。有一次田洪生在田头晕倒，幸亏有人经过看见，救护及时才无大碍。这件事后，家丰硬是把老爷子接到家具厂，知道他闲不住，给他一个车间主任的头衔让他帮忙管生产，总算把老爷子给拴住了。

　　家旺把小餐馆开成了大酒店，无暇再管豆腐店，田洪生就把豆腐店的生意交给老二春花。几个儿女中，只有春花读书最少，只读了小学一年级，家丰家旺都读完初中，田洪生觉得亏欠了春花，就把自己做豆腐做酒的手艺，悉数教给春花夫妇俩，春花接手豆腐店的生意后，田洪生的徒弟在街的另一头也开了一家豆腐坊，也挂洪生豆腐招牌，一个街头一个街尾，生意都很不错。

田洪生到家丰的家具厂后，老伴玉珍被春妮接到城里，帮她带孩子。老两口你忙你的，我忙我的，春节才回到老屋过年，倒也各自充实。

田洪生吃住都在厂里，他在管理上很有一套办法，对大家又严格又慈爱，工人们都喜欢他尊他叫田老伯。

日子就这样流淌了七八年。

这一天，家丰的几个发小来厂里玩，一起喝酒聊天。聊到队里有两个人，其中一个是蒋大勇的儿子，听说生产电瓶利润很高，要在那块种过桑树的河滩上办电瓶厂，做厂房的钢棚都搭好了。他们还听说，这电瓶厂污染很严重，背后议论的人虽然多，碍于蒋大勇的面子，没人站出来管这件事。

田洪生听到这些话急了，说："这事没人管我老头子来管，千万不能让他们办这个电瓶厂，要是把这河水、土地、地下水都污染了，子孙们以后吃什么？不能让他们赚这种断子绝孙的钱。"

第二天，家丰拦不住老爷子，只好把田洪生送回老屋。

"你跟我说实话，你儿子干得这缺德事你知不知道？你管不管？"田洪生找到蒋大勇大声质问。

"我还真搞不大清楚。这些年我的为人你都看到了。那混蛋小子从小被他爷爷奶奶宠坏了，他也不听我的，我也拿他没办法。"蒋大勇说得支支吾吾。

"没想到这样的缺德钱他们也敢挣！那好，你管不了，我来管。"田洪生已经从蒋大勇的回答中找到答案。

这天，田洪生等院墙大铁门锁上后，他在外面加了一把大锁，然后通报了村（原大队改为村了）主任。这两个家伙电瓶厂的审批还没有通过，就已经在偷偷安装设备了。被田老汉这样一闹腾，这件事曝了光，相关部门一查，他们连起码的污水处理方案都没有，被明令禁止。两个人想赚暴利，厂子还没建起来就被叫停，损失了几十万，把气撒到田老汉头上，不依不饶的。田洪生将自己多年积蓄的三万元取出来，给了他们俩，算是一点补偿。告诫他们再穷也不能赚这种祸害大家的钱。

这之后，田洪生再也不肯离开老屋，离开三河湾。他说他要守在三河湾，守住这块土地，直到他埋进这块土地里。

第四辑　黑白维度

这个世界并非是非白即黑的，还存在很多灰色地带。四维空间也并非是完全虚无的，在四维空间里演绎三维空间的故事，一样真实。

玄 机

　　丁教授的恩人，缘何用了普通人六倍的计量，才开始有所反应呢？

　　从丁教授所站的位置往下看，底层大厅涌入的人群就像蝼蚁一样。他拿起望远镜，对准大门入口。

　　丁教授的一项最新研究成果把世界引爆了。他研制出一种针剂，能让基因重组。可以返老还童，还能起死回生。

　　国家机构介入了。只有对国家有卓越贡献的人，使用针剂后能继续留在地球，其他人等，一旦使用，必须送到别的星球上去。这幢大楼设置了不同的通道，绝大多数人是只进不出的。

　　一个老态龙钟的麻脸男人进入丁教授的视线。是他？那个害死爸妈的大恶人。丁教授迅速乘电梯下楼，可还是晚了。在底层大厅，丁教授撞上了那个人，他居然留下了。瞧他那得意样，连脸上的麻子也消失了，丁教授气得一下子晕了过去。

　　丁教授又潜心研制了一种更智能的合剂，只有这个人的良心值达标了，这个合剂才有效，否则会适得其反。

　　纷乱的世界一下子太平了，连警察都闲得无事可做，丁教授天天乐呵呵的。

　　丁教授心里有个大恩人，在他年少时给他信心，帮他渡过难关的人。没有这个恩人就没有他的今天。他要报恩，他希望恩人能享受他的研究成果。

　　这个机会终于来了。一天，一群人簇拥着一个大人物到来。原来这个大人物正是丁教授的恩人。

　　大人物得了一种怪病，不能说话，不能签字，迅速衰老。

　　丁教授亲自为恩人用药。用了正常人的剂量一点反应都没有，于是剂量增加再增加，大人物终于有了反应。可奇怪的是，他说出来的话，都是大实话，和他之前想说的不一样，写出来的字也是如此。

　　面对恩人出现的症状，丁教授困惑了又释然了。

第三只眼

一天早上醒来，小雨的后脑勺真的长出一只眼睛，眼睛的形状和脸上的有点不一样，没有眉毛睫毛，竖型的，眼帘像左右开启的一扇门。

一步、二步……二十步、二十一步……不要回头，小雨反复对自己说。小雨越来越紧张，总觉得后面有人跟踪她，要非礼她，挟持她。她脑门上的汗珠越聚越多，腿软得站不住，四肢缺氧完全无力，她终于忍不住回头了。

该死的平安路。一想起那个夜晚，小雨就感到喘不上气来。那天，小雨加班后回家，被几个喝的醉醺醺的家伙从后面追上来纠缠……

平安路全长452米，步行约6分钟，700步。路两侧有浓密的香樟树，常年树影幢幢，小雨上下班每天都要经过这里。

要是后脑勺也有一只眼睛就好了，小雨时常这样想。

一天早上醒来，小雨的后脑勺真的长出一只眼睛，眼睛的形状和脸上的有点不一样，没有眉毛睫毛，竖型的，眼帘像左右开启的一扇门。

小雨大喜，以后走路再也不用回头看了，可以优雅地气定神闲地往前走，只要适时开启第三只眼瞄一下就可以了。

旧的烦恼刚解决，新的烦恼很快就出来了。后脑勺的那只眼一点也不甘寂寞，前后眼传递的信息在大脑处理时，常常出错。小雨还发现自己的后脚跟越长越长，有向后也长出一双脚的趋势，是前行还是后退，她越来越拿不定主意，有时走着走着，就停了下来，大脑里两个声音越吵越凶，让她魂不守舍。

终于有一天，小雨到医院，把后脑勺的第三只眼缝上了。

安娜的眼泪

互联网的高速发展，屏蔽了人与人的自然交往，当机器人也懂人类的感情时，人类将如何面对？

服务生第三次走近安娜，问安娜需要什么，安娜头也没回，幽幽地说："等人。"

南山路欧谱咖啡厅里，安娜静静地坐在临街一角。

安娜始终盯着街道的转角，阳光从窗户斜射到安娜忧伤冷艳的脸上，氤氲出温暖的光辉。

等谁？安娜一想到杰克，思绪一阵凌乱。安娜和杰克朝夕相处三年，如今杰克却抛弃了她，抛弃她的理由简单得不能再简单了，说安娜不会流泪。

我为什么不会流泪呢？我明明这么伤心。安娜反复地自问。

三年来，杰克的生活起居完全由安娜照顾。杰克的每日工作就是上网游戏，各游戏网站会根据杰克的游戏时间，游戏的成绩，付给杰克酬劳。有时玩游戏中的一个创意，会获得很高的报酬，杰克不用出门就生活无忧。

安娜很满足这样的生活，以为可以永远。

今天早上，杰克突然外出，随后挽着一个妙龄女郎回家。

安娜一下子蒙了。她接受不了眼前的现实又无力阻止，唯有逃离现场。

南山路上静悄悄的，昏黄的夜灯迷离又鬼魅，安娜就那样临窗而坐，像一尊雕像。

杰克跌跌撞撞地进来。他来找安娜，这是他们经常光顾的地方。

杰克像漏气的气囊，跌坐在安娜对面。杰克的泪水像流淌的小河。

"我只是想找个普通的女孩结婚，有一个正常基因的孩子，而不是克隆我自己，怎么就这么难呢？"杰克哭诉着，像是对安娜说，更像是对自己说。

"她和你一样，只是比你更智能，她会哭会流泪。"杰克拉着安娜的手说。

"别灰心，我帮你一起找。"安娜安慰着杰克。杰克惊奇地发现，安娜一滴泪挂到脸上。

龙的传人

龙游石窟的传说有很多版本，这也算一个，当然纯属虚构。

太子旭在大婚前夜带几个贴身随从，逃离东海，潜入内江。

旭是东海龙王的长子，自幼与南海龙王的长女有婚约。旭听说这个龙女又难看又霸道，悔婚不成后逃离。

沿江的迷人风光和男耕女织的其乐融融，很快让旭忘了烦恼。这一日，在曹垄的衢江岸，少女钰一边挽纱一边浅唱着。旭循声而至，恰逢钰抬头远眺。旭被一股电流击中，当下隐匿，幻成一俊朗书生飘然而至。二人一见钟情。

为了保密，旭召集自己的亲兵，在凤凰山下修建地宫。为了不引起外界的注意，地宫里开采出的石料，全部悄悄填入东海。为修地宫，旭花了九九八十一天，损耗了自己五百年的修为。第二年，钰诞下一子，取名为熙。

旭的几个弟弟和哥哥一向交好，得知旭的情况，纷纷溜出东海，前来探望。看到兄嫂如此恩爱，羡慕不已，遂效仿，在凤凰山下各自建宫。一直跟随旭的大将们也纷纷效仿。

旭的逃婚让南海龙王大怒，责令东海龙王限期追回，不然，将闹他个天翻地覆。龙王派其他几个儿子和几员大将去寻找，旭不但没有找回，连派去的也一去不回。

大量填入东海的石料气息，把龙王引入衢江，找到凤凰山。龙王逼旭杀了钰，跟他回东海，旭宁死不从。僵持间，南海龙王到，南海龙王一直尾随着东海龙王。随着南海龙王的一声狂啸，滔天洪水将方圆百里变成一片汪洋，钰目睹人畜尽亡，悲愤交加，将孩子托付给旭，引颈自刎。

旭抱着孩子冲出地宫，随后，一阵龙卷风封住了宫门。

二十年后，一个叫熙的英俊男子，从荒芜的曹垄上岸。

五千年后，地宫被无意发现。

突　变

世间任何事的发生，冥冥之中都有因果关系。

大年初三，大牛拎了两瓶酒和一包营养品，敲开了肖红家的门。

家里只有二柱和肖红，两个孩子去姥姥家、舅舅家拜年了。

厢房的中间有一个火盆，火盆里的炭火，被灰盖住了一部分。二柱坐在一把竹椅上落寞地抽着烟，右裤腿软绵绵地耷拉着。

二柱拉动一把身边的竹椅，示意进来的大牛坐。二柱拨拉掉盖住炭火的灰，喊肖红再加些炭。

大牛坐下，在二柱的肩上拍了三下。

"听说了，你怎么这样不小心？"大牛接过二柱递过来的香烟说。

"当初听你的话一起去打工就好了，看你都混成大老板了，我还在家捣鼓那台破拖拉机，不然也不会出事。"二柱眼睛盯着红红的炭火，用火钳把炭火拨过来拨过去。

"你是舍不得肖红吧？想当年我整天在你耳朵边说要鼓起勇气向肖红表白，不料被你这个闷骚抢了先。"大牛酸溜溜地说。

"嘴还是那样贫，酸不酸啊？"肖红一手托着一个果盘，一手托了一杯热茶，笑盈盈地走进来。

"别忙了，快坐下来，我有事跟你们俩商量。"大牛正儿八经地说。

"是这样，我带了几十个人挂靠一家建筑公司承包了一幢大楼的人工费，工地在郊外，现在打工的不像从前，是动不动就炒老板的鱿鱼。工地的伙食很重要，年前请的师傅大家不满意，被我辞退了，我答应大家年后叫我媳妇去烧饭。可是，年前我娘在雪地里摔了一跤，不巧撞在一块凸出的石头上，伤了脊髓，我媳妇是去不了了，我想到了肖红。"说完这些，大牛的眼光在二柱、肖红的脸上扫来扫去。

"每个月有1800元工资，另外每人每月500元的伙食费承包给你，大楼旁边绿化的位置有不少空地，可以种点菜，还可以顺便批点烟啊酒啊的卖，一年辛苦下来，也可以赚点辛苦钱。"说完这些，大牛长舒了一口气。

肖红在心里噼噼啪啪地一算，动心了。抬眼征求二柱的意见。

"要不是成现在这样子，说什么我也不让肖红去受那罪。可娃上学要钱啊。"二柱子说着说着，一串泪流进嘴里。

年十二，肖红跟着大牛走了。好多人过了元宵节才出门，大牛和肖红要提前到工地做准备。

"老板好！老板娘好！"看工地的郝大爷为大牛开门时，是晚上十点半。

活动板房里空无一人。大牛领肖红到楼上东面第一间房，房里有两张床，大牛这张床上铺盖被掀起，另一张床上赤裸着棉絮。大牛整理了一下床说，被子年前找人洗过，干净的，晚上你睡这张床，明天再安排你的住处，我随便哪里凑合一个晚上。

活动板房有二层，每层十一间，中间是楼梯间，两侧各五间。卫生间在楼梯间的位置。一楼是项目部办公室，食堂和工具间，二楼是宿舍，除了东面第一间是大牛和木工组长两个人住，还装了空调，其他房间都是高低床，六个人一间。

北风发出尖叫声，撞得玻璃哐当哐当地响。大牛拿起手电出了门。

从答应跟大牛上工地起，肖红的心就开始忐忑，要是大牛提出那事，她该怎么办？读中学的时候，他就油嘴滑舌，老开不着调的玩笑。这一路上大牛倒是规规矩矩的，也对她照顾得很周到。肖红一边想大牛去哪了，一边竟潮热起来。肖红摸一摸自己的脸，感觉有点发烫。

大牛敲门。肖红钻出被窝去开门，心里一阵慌乱。

"这鬼天气太冷了，看来今晚我们只能挤一个屋了。"刚才大牛是去工地上转了一圈。

肖红的脸腾地一下子红到耳根，嘤嘤地哭了，越哭越伤心。肖红也不知道自己为什么要哭。

大牛说："我跟你开玩笑呢……"

假夫妻真生活

　　肖红每天晚上回房间穿过走廊时，特别紧张，总是低着头疾步
而过，最好是能飘着过，感觉那些眼光都是 X 光透视似的。

　　食堂占了三间房。第二天，肖红就把三间房上上下下地打扫了一遍。烧了几
大壶开水，将锅啊碗啊盆啊筷啊等家伙什通通洗过烫过，又让大牛陪她到农贸市
场，批发市场转了一圈，买了一筐肉，几卷粉条和一些菜以及油盐酱醋。

　　回来，肖红就忙上了，她把这些肉剁成肉圆，储备起来。

　　房间里的两张单人床被大牛拼成一张大床，大牛赶去超市，选了一套红色的
床上用品和一些糖果。

　　"嫂子这么漂亮，难怪大牛哥把嫂子藏得这么深，我们可要来闹新房的啊。"

　　"嫂子的手艺真不错，大牛哥怎么舍得让嫂子这么辛苦啊？"

　　大伙一见肖红，嘴巴就缺了把门的，肖红一边忙前忙后，一边被闹得脸发烧。

　　肖红每天晚上回房间穿过走廊时，特别紧张，总是低着头疾步而过，最好是
能飘着过，感觉那些眼光都是 X 光透视似的。于是，她跟大牛说，换到楼下食
堂边上住，方便起早做早饭。说得在理，于是他们俩就换到楼下。

　　中午吃饭的人多一些，甲方的管理人员，菜要单做，肖红忙得脚不沾地。民
工们平日里都吃快餐，一荤二素，或大排或扎肉或肉烧蛋，偶尔也吃红烧鱼块，
这些大家都爱吃。肖红把能种的地方都种上菜，青菜、萝卜、芹菜，菠菜、韭菜、
大蒜、香葱等绿油油一片，还有黄瓜豇豆茄子辣椒，边角旮旯里种上丝瓜南瓜冬
瓜。周末，肖红会让大家吃一次团餐，痛痛快快地吃一顿红烧肉，吃一顿大头鱼。
大伙吃得流油就夸肖红这个老板娘如何如何地好。

　　每浇筑一层楼面，都要日夜不停地打混凝土，肖红也跟着一起忙，给加夜班

的人做点心。大家都说，老板娘这么贴心，干活不卖力，说不过去，于是，工程进展顺利，甲方和总包方都很满意。

肖红对老板娘这个称呼很快就习惯了。看见不讲卫生的，开了水龙头不关的，建筑材料浪费的，都要管上一管。

楼下东面第一间是工具房，工具房在大牛、肖红房间的隔壁。工具房被隔成二间，里面是工具房，外面住着管理员。其实，很多时间都轮不到管理员住，谁的家属来了，管理员就让出来，睡到其他屋里去。一般家属来了也就住个三五天，不想走的就到附近农民家租房住。

家属小住几天，就一起在食堂吃饭，肖红热心，都不另外收钱。也有冒充是夫妻后来被肖红知道了，肖红就觉得心里特别不舒服，心里不舒服了就跟大牛唠叨，大牛笑着叫肖红别瞎操心，我们还是假的呢，说得肖红脸一阵红一阵白。

每来一位家属，工地上就像是过节，荤的素的不贫个够，就不算数。还像侦探一样，要把夫妻是真是假查个底朝天，被查出是假夫妻的，就得用好烟好酒款待大家，算封口费。

江丰的媳妇来工地，让大家好好乐了一阵子。江丰大年初六结婚，十六就出门到工地。江丰结婚有点晚，爸爸妈妈急着抱孙子，见儿媳妇肚子没动静，天天催着新媳妇到工地找江丰，说怀上才回去。小夫妻在工具房住了有小半月，腼腆的小夫妻经常被大家挤兑得面红耳赤。小媳妇白天闲着就到肖红的厨房帮忙，肖红天天给她煲汤喝，小媳妇回去后不到二个月就报了喜，把江丰乐得牛哄哄的。

从来没有人怀疑大牛和肖红是假夫妻。大牛要是贪杯，肖红能把他手里的酒杯直接夺了，他们像真夫妻一样，一点破绽也没有。

时间过得很快，转眼间大家喜气洋洋地准备回家过年。

明天就要回老家了，肖红把食堂彻底打扫了一遍后，开始整理行装。

行装整理得很慢。肖红给一家老小都买了一身新。肖红想家想孩子们，可一想到回家如何面对二柱，就心慌意乱，东西明明拽在手里，还到处找。

"这几天你就像个无头苍蝇，我知道你担心什么，自然点，没事的。"大牛扶肖红坐下，爱怜地抚摸肖红有点凌乱的头发。

"跟我说说，这一年下来你攒了多少钱？"大牛问。

"加上工资，有四万多。这可不是我克扣大家的伙食费，算我把种的菜卖给食堂了。"肖红没想到大牛会问这个。

"这一年你的贡献很大，这是给你的奖金。"说着，大牛从背包里拿出四万现金，给肖红。

"这么多，不合适吧。"肖红觉得很意外。

"其实，我们给员工的伙食标准是每个月600元，之所以跟你说每月500元，是知道你的性子，600元里不花掉580元，会心里别扭。你花了心思让大家满意这就够了，这一年你最辛苦，这是你应得的。这四万我建议你自己先留着，一下子给二柱子太多了，说不定他会有其他想法。"

肖红依偎在大牛怀里，嘤嘤地哭了好一阵。

纸窗户

　　无论怎么掩饰，本能都会出卖出轨的女人。微妙的关系就像纸窗户，一捅就破。

　　寒风如刀。二柱子披上军大衣，围上当年谈恋爱时肖红为他编织的枣红围巾，拄着拐杖到院门外等肖红。村里今年修了路，出租车几乎可以开到家门口。

　　肖红离家已经 351 天了。肖红每天会在吃过晚饭收拾停当后，给二柱发短信息，讲一些琐事，等二柱回了信息后才回房间休息。二人聊天记录的结束语通常是"我想你"和"我想你们"。

　　长途电话话费贵，没有特殊情况，一般周五晚上肖红才打电话，二柱会打开免提键，让两个孩子听听妈妈的声音，两个孩子就争着抢着跟妈妈说几句话。

　　肖红的女儿宋敏在镇中学读七年级，是住校生。宋敏长得像她爸，腿长胳膊长，白白净净的，皮肤能掐出水来，性格像肖红，活泼开朗，一副没心没肺的样子。宋敏的学习一直不用爸妈操心，虽然没有校外补习，成绩一直稳定在班级的前五名。肖红的儿子宋杰在村小读三年级，和宋敏相反，个子总也不见长，像个小猴子，每天一身泥回家。

　　肖红走后，二柱的父母就搬了过来。肖红今天回家，老两口一早就忙开了。

　　肖红和大牛一前一后推着大行李箱出了火车站。大牛从火车站叫了一辆出租车，大牛坐副驾驶位置，肖红坐后排。刚上出租车时，肖红很兴奋，一路说着这一年沿途的改变。家越来越近，肖红志忑起来，除非司机问路，两人都不说话，大牛不时回头用目光安慰肖红。

　　肖红家到了。大牛从后备厢里拿出肖红的红色行李箱递给二柱，顺势拍了拍二柱的肩膀说："改天一起喝酒。"二柱和肖红目送大牛离开。宋敏、宋杰听到动静，嘻嘻哈哈地跑出来抢着推行李箱。

炭火雀跃着迎接肖红，两个孩子一左一右拽着肖红的胳膊，把肖红按在椅子上，肖红鼻子一酸。

肖红暖一暖冻僵的手后，拉开行李箱，招呼两个孩子说："这是爷爷奶奶的，让他们试试合适不？这是敏儿的，这是杰儿的，快穿上让妈看看。还有，这是给爷爷奶奶的红包，你们俩的压岁钱，明天晚上会放在你们的枕头底下。"肖红最后拿出一件酒红色的羽绒服，帮二柱子套上，二柱就那样傻乎乎地笑着，眼神一刻也没有离开过肖红。肖红给每个人买了一件羽绒服，一时间，赤橙黄绿把屋子装扮成了春天。

肖红给二柱一万元现金和一张银行卡，卡里存了四万元钱。

入夜，村庄依然在躁动着。明天就是除夕了，外出的人有的已经回到家，有的正在往家里赶，乡村公路传来的喇叭声和狗吠声此起彼伏。

看二柱子关上房门，并上了保险，肖红的呼吸一下子局促起来。

肖红在脑子里无数次演绎过回家和二柱独处时的情形，告诫自己一定要和以前一样，一定不要让二柱觉察到什么。

肖红主动帮二柱脱去外套，二柱先上床暖被窝。肖红东一下西一下地整理衣物，二柱按捺不住催肖红早点休息，肖红一边答应着一边调整自己的情绪。

都说久别胜新婚，但肖红身体本能地抗拒，还是让敏感的二柱觉得有些异样，心生疑惑心神不宁，久别重逢的第一个夜晚，彼此经历了从未有过的不和谐。

"别紧张，可能是分开的时间太久了，我们需要先适应一下。现在钱也没那么紧张了，过了年，你去安装一个好点的假肢，一切都会好起来的。"肖红枕着二柱的手臂说。两人各怀心思假装入睡，但几乎都是一夜未眠。

年夜饭比往年要丰盛热闹。公公婆婆在这里过年，二柱的兄弟姐妹几家人都来了，大人一桌，小孩子一桌。肖红的厨艺更精，手脚更麻利，被大家夸赞着。肖红笑声朗朗，八面玲珑，给足了二柱面子。

肖红里里外外地忙碌着。肖红害怕与二柱独处，二柱也一样，害怕没话找话的尴尬，二个人像隔着一张纸，觉着别扭，但谁也没有勇气去捅破它。

大年初五，大牛提着大包小包来二柱家拜年，说是孝敬二柱父母的。这天，恰好肖红的表姐表弟二家也来走亲戚，一大桌人热热闹闹地一起喝酒。大牛说了

肖红一箩筐的好，频频敬酒致谢。酒量一般，喝酒一直很低调的二柱这天和大牛较上了劲儿，结果喝得烂醉如泥。

面对二柱，肖红的心又酸又苦，数着日子盼逃离。

要走的前一晚，肖红烧了满满一桌子菜，一家人再吃一次团圆饭。老人吃完撤下碗筷去烤火，两个孩子吃完一起玩游戏，留下肖红和二柱对饮。喝着喝着，二柱的话里话外酸楚起来，肖红陪着他一起酸，一起把酒灌进肚子里，结果一起醉了。

笔记本的秘密

一本笔记本，打破了假夫妻内心的平静，从未谋面的表侄女的意外出现，让事情扑朔迷离。

上了火车，肖红一下子轻松起来，伴着哐当哐当声，一路沉睡。

和刚来工地时一样，还是晚上十点半左右到工地，还是郝老伯开门迎接他们。肖红对这里已经很熟悉，她喜欢这里的一切，包括大牛粗壮又温柔的身体。除了给二柱发短信，给家里打电话时，她觉得自己就是大牛的媳妇。

照例是大牛先上床暖被窝，肖红磨磨蹭蹭好半天才钻进来。肖红上床后一直背对着大牛。那天二柱和他斗酒，大牛就感觉二柱对他和肖红的事有所察觉，肖红上床没有往他怀里钻，而是一句话不说远远地背对着他，想来是她受了委屈。

第二天，两人就各忙各的。肖红整理好厨房，就去打理菜地。下过一次雪，冻了好些天，那些菜都东倒西歪了。

吃晚饭时，大牛有点恍惚，肖红感觉大牛有心事，问大牛怎么了。大牛说："我把一个重要的笔记本忘家里了，工地里重要的事项都记在上面，还夹着一些重要单据，我让媳妇快递给我，她说要去县城寄麻烦，还怕寄丢了，说她娘家有个表侄女也在这个城里打工，过几天让这个表侄女给捎来。"

"我以为什么大事呢，工地在郊外，她送来也不方便，等表侄女到了，你去她上班的地方取一下不就得啦。"肖红安慰着大牛。

"没那么简单，我明明记得第一个放进行李箱的，就是这本笔记本，怎么就忘在家里了呢？又突然冒出一个我没见过的表侄女，我怀疑是媳妇往行李箱里放衣物时，故意把笔记本留下的，真要是这样，就算这次我自己去表侄女处取笔记本，这个表侄女还会找其他理由来工地找我的。如果真是这样，我媳妇也在怀疑我们两个之间的关系啦。"

"真的让人知道我们不是夫妻怎么办？"肖红追问。

"实在不行，只能和我媳妇摊牌。就算让媳妇知道我们俩在一起，也不能让工地上的人知道我们不是夫妻，特别是甲方，这对以后的工作很不利。"大牛猛吸一口烟说。

大牛平时不抽烟，兜里放烟是给别人抽的，今儿自己抽上了。

"你媳妇要是知道我俩的事，还不得吵翻天？我们在一个村，这让我以后怎么做人哪？"肖红坐不住了。

"我媳妇要面子，她最多也就是跟我闹闹。她要是不管不顾把事情闹大了，我就和她离了，和你在一起。我估计她看在两个孩子的分上，不至于这么做。我媳妇她没做错什么，一直照顾我卧床的娘，我心里感激她，不到万不得已，我不想伤害她。"大牛一口接着一口地猛抽，一边说一边咳嗽。

几天后，大牛在一家图文广告公司，找到了媳妇的表侄女，拿到了笔记本。表侄女在公司里做平面设计。

"轮到我休息了，我去工地看表姑父，表姑交代了，要我帮你洗洗被子什么的。"临走时，表侄女对大牛说。

"不用不用，工地上又乱又脏，不是小姑娘来的地方。村上有个阿姨在食堂做饭，年前已经帮我把被子洗过了。"大牛丢下这几句话后匆匆离开。

这以后的许多天，大牛和肖红都神经兮兮的。特别是大牛，电话铃一响，就赶紧接，唯恐漏接电话，让那个表侄女找到借口直接闯进工地来。大牛还关照门房的郝大伯，要是有人来找他，马上给他打电话，让来找他的人在门房等。

一周过去了，两周过去了，一个月过去了，没有表侄女的任何消息，大牛和肖红绷紧的神经慢慢地松懈下来。

春节后，市场的菜价大幅上涨，食堂的伙食标准却没有降低，大家都很满意。与大家混熟后，肖红常以老板娘的身份和大家开玩笑，现在，总有一个声音钻进她耳朵，说她是冒牌货。肖红的玩笑话少了，一天到晚把自己忙得脚不沾地才舒坦。肖红很怀念春节前那段轻松愉快的日子。这批民工，大部分都来自大牛的老家，喜欢肖红做的地道的家乡菜。他们都是另一个乡镇的，离大牛肖红所在的村有30多里地，当初，大牛和他们一起给他们乡镇的一个包工头干活。那个包工头好赌，把大家的血汗钱输光后逃了。眼看着一年的辛苦钱要打水漂，一些老乡想走极端把事情闹大，大牛站出来规劝大家，并带头和总包单位交涉，终于让大家拿到了工资。打这以后，他们就一直跟着大牛干。

时间不紧不慢地走着，肖红感觉和大牛的关系微妙起来。她很想能光明正大地和大牛在一起，她已经习惯了大牛的气息，觉得自己离不开大牛，但一想到二柱，想到自己的和大牛的孩子们，她就胸口发闷，无论如何也不敢再往下想。对于大牛的表侄女，肖红是既怕她来，又盼着她来。

五味杂陈

大牛，我一定要报仇。这个念头像疯长的野草，让二柱的血管膨胀。

大牛媳妇的表侄女并不是虚晃一枪，她已经悄悄来过工地，不过她没有来找大牛，而是找了在工地打工的一个熟人。她问熟人工地的伙食怎么样。熟人告诉她，伙食不错，让在其他工地打工的老乡们羡慕，是老板娘亲自给他们做的饭。表侄女一下子就明白了是怎么回事，她没有把这个情况告诉表姑，她也不敢把这层窗户纸捅破。

肖红每天还是照常与二柱互发短消息，二柱的回信里多了些酸味。有时，肖红刚睡得迷迷糊糊的，会突然被二柱的短信惊醒。晚上，大牛媳妇打电话来的频率也明显增加。

二柱装了假肢，适应一段时间后，能脱离拐杖行走。肖红走后，二柱整天浑浑噩噩的，喜怒无常。两位老人看不下去就比长比短地劝他，他就嫌二老烦。眼不见心不烦，二柱能走动后，二老就搬回了老屋。

"大牛，你睡我老婆，我一定要报仇。"这个念头像疯长的野草，让二柱的血管膨胀。

这一日，大牛媳妇骑电动车从集镇上回来，在二柱家附近被二柱截住，二柱神神秘秘地说有个重要的东西要给她看。尽管表侄女来电话说，一切正常，但直觉还是让大牛媳妇心神不宁。见二柱神秘兮兮地说有东西让她看，她想也没想就随二柱进了屋，随二柱进了房间，直到二柱关上房门，眼睛都发了红，大牛媳妇才感觉上当了。

"大牛睡了我媳妇，我也不能便宜了他。要么你顺了我，你要是不肯，我就去告他霸占别人的老婆。"大牛背靠房门，喘着粗气。

"你哪只眼睛看见大牛睡你老婆啦？我表侄女都上工地去调查过了，没影的事。大牛是照顾你们家，才让肖红去工地做饭的，你这个白眼狼。"

"你别自欺欺人了，你真的相信他俩没事？"

……

大牛媳妇的表侄女，知道真相后，煎熬了好多天，觉得这样沉默下去太便宜大牛了，又不敢告诉表姑，于是给大牛发了一条短信息，问："工地上的人都叫肖红是老板娘，是怎么回事？"

大牛没有回消息，也没敢告诉肖红，立即买了一个最新款的手机送给表侄女，表侄女心领神会地表示会给表姑打电话报平安。

之后的一段时间，二柱的半夜信息减少了，大牛媳妇也基本上晚上不给大牛打电话，肖红反而觉得奇怪，问大牛是怎么回事，大牛就把送手机堵表侄女嘴巴的事说了出来，肖红觉得顺理成章，一下子轻松了许多。肖红做梦也想不到，二柱和大牛媳妇搅和到了一起。

这天早上，二柱和大牛媳妇滚在一起时，被二柱的父母亲撞上了。这天是星期五，二老包了些孩子们喜欢吃的饺子送过来。

二柱的老母亲又气又急，晕了过去。大牛媳妇羞愧难当，要拿菜刀抹脖子，被二柱拦下。

老两口一商量，就搬回二柱家住，说再不守着这个家，这个家就散了。

九月，二十八层的大楼结顶，大牛让肖红办宴席庆祝。

思 变

　　"老天能让我们在一起两年，已经很仁慈了，我们不能太贪心，我们都是有家的人，除了感情还有责任。"肖红把头靠在大牛的肩上喃喃道。

　　大牛里里外外的口碑很好，这个工地的粉刷安装还没有完工，总包单位又给大牛安排了新工地。新工地在下面的县城，离老工地有30公里路程，工程进入扫尾阶段，正好有人员富余出来，大牛就安排部分人去了新工地，大牛就每天两头跑。

　　一部分人走了，肖红的工作轻松了许多，老工地年前将全部完工撤出，肖红的菜地也渐渐荒芜起来。

　　和菜地一起荒芜的是肖红的心。

　　肖红时常一个人发愣，一个人悄悄流泪。眼看要过年了，大家都扳着指头数日子，肖红却越来越忐忑不安。

　　大牛曾让肖红搬到新工地，肖红说等这边完工，这里是郊区，吃饭不方便。

　　去，不去。去，不去。这样的问题，肖红每天要想一百遍。这里的弟兄，真心把他当嫂子，当老板娘，肖红舍不得离开他们，更舍不得离开大牛。肖红没想到，从小嘻嘻哈哈没个正经的大牛，现在这样成熟，有担当有魅力。可是这样下去也不是办法，大牛和她都有家，有孩子，窗户纸一旦捅破，要伤害到许多人，也会影响大牛的声誉，她应该趁老工地完工，找个借口悄然退出。

　　这个念头一生出来，肖红就再也吃不下睡不着。肖红常常看着身边酣睡的大牛流泪。

　　回老家？眼下，肖红最困难的事，是和二柱独处，她需要时间消化这两个男人带给她的种种。

明天要回家了，大牛一直忙到晚上十点多才回。肖红已经清理好厨房，打理好两个人的行李。春节前是包工头最忙的日子，像打仗一样，要向总包单位上报并核实工程量，又要和民工们结算工资。

今天的房间让肖红收拾得格外整洁，靠窗的小方桌上，一束精致包装的百合花清香扑鼻，这是两年来肖红第一次买鲜花。

大牛一坐下，肖红就给大牛端来了一大盆泡脚的热水。

"稀罕事，你也舍得买花了。明天就回了，带花也不方便啊？"大牛把脚浸入水里说。

"大牛，我明天不跟你回去了。"话未说完，肖红早已泪流满面。

"你这是怎么啦？"大牛示意肖红坐到他身边。

"你不回去我怎么跟二柱交代？还有两个娃呢，你能放心？不到半个月的时间，熬一熬就过去了。"大牛安慰着肖红。

"我没法子面对二柱，你是男人，女人的事你不懂。"

"你那新工地我也不去了，这样下去也不是个事，我找到一份帮厨的工作，明天过去上班，过年有双薪。"

前两天，肖红骑着电动车到城里四处逛，看到一家连锁中式快餐店招厨师，肖红进去炒了几个菜，老板当时就叫肖红第二天来上班，肖红则坚持明天才能过去。

肖红的决定让大牛很震惊，他明白肖红要永远离开他了，不禁湿了眼眶。这一年，大牛一直很紧张他和肖红的关系曝光，肖红的决定无疑是解决问题的最佳方案，可一想到肖红要离开，他的心就被掏空了。

"对不起，让你受委屈了。"大牛看了一眼面前的百合花，知道再劝也多余，遂握紧肖红的手不放。

"那我以后想你了可以来找你吗？"大牛盯着肖红的眼睛问。

"不可以。"肖红用手擦去大牛挂上的泪珠。

"老天能让我们在一起两年，已经很仁慈了，我们不能太贪心，我们都是有家的人，除了感情还有责任。"肖红喃喃道。

第二天，二柱收到一个特快专递，里面是肖红分别写给二柱、宋敏、宋杰的三封信。同一天，肖红去年给二柱的那张银行卡里，多了五万块钱。

家的味道

肖红离开大牛开始创业，生活回到原来的轨道。尽管心已蒙灰，总还是家的味道。

两年后。

路灯昏黄，一家小餐馆里，肖红进进出出地忙着，醒目的"家的味道"的招牌引人驻足。二柱穿着白色围裙在厨房里帮肖红配菜，肖红既是厨师也是服务员，也是老板娘。

已经过了吃饭的正点时间，还有人陆陆续续进来点餐。宋杰在餐厅一角的台灯下静静地做作业，宋杰今年刚从老家过来，在城区中学读七年级。

肖红在快餐店干了一年多，租了现在这个店面后辞职。店面虽然不在闹市区，但附近有好几个人口密集的住宅小区，还算热闹。餐馆隔成两个区域，外面放餐桌，里面是厨房。除了肖红和二柱，还叫了一个帮手负责送外卖。

店面的层高四米八，上面隔成二米二高的阁楼，肖红一家人吃住都在店里。上阁楼的楼梯在厨房，肖红为了防止宋杰玩游戏，要求宋杰在自己的眼皮底下做功课。

肖红把店面张罗得差不多时，回了趟老家接来了二柱和宋杰。他们俩现在说话总是客客气气的，与其说是夫妻，不如说更像是朋友或者说乡亲。二柱和大牛媳妇的事，肖红和大牛都不知道。于是，两对夫妻间保持着某种微妙的平衡。

宋敏考上了老家县城的重点高中，继续在老家上学，周末回家由爷爷奶奶照顾着。

大牛又接了一个新工地在市郊。大牛的两个手下偶然走进肖红的餐馆，发现老板娘是肖红，大跌眼镜，回去当个稀罕事告诉大牛，也在大伙儿中间悄悄传开，大家议论一阵后也就再也不说什么了。之后，弟兄们轮到休息日，经常相约到肖红的小餐馆聚餐，大家依然叫肖红嫂子，叫肖红老板娘。

大牛没进过肖红的小餐馆，他有时会鬼使神差地把车开到附近，在车里远远地看着肖红忙进忙出。

秘　密

一个九岁的女孩，被要求像成年人一样恪守一个秘密，这到底是个啥秘密呢？

"你这野丫头，就知道贪玩，人家早放学了，还不快把鹅赶出去放放，吵死人了……"爱莲的书包还没有放下，妈妈就大声唠叨起来。

关在栅栏里的十几只大白鹅饿了，早就伸长脖子，挤到了门前，此起彼伏地叫唤着，听见说话的声音叫得更欢了。

"我哪里偷懒了，今天轮到我值日扫地，你们就是偏心，重男轻女，小哥晚回来，我就没听见挨过骂。"爱莲在村小学上三年级，在家里排行老四，上有两个哥哥，姐姐是老二，下又添了两个妹妹，一个还在摇篮里，大哥和姐姐是家里的主劳力，小哥在公社里上初中。

"啊，你就是嘴犟，你多远他多远，皮痒痒了是不是？身在福中不知福，你看人家银花，才读了一年就在家带弟弟妹妹了，你姐连学堂门都没有进过，你要是不听话，明天起你也不要读了，在家带妹妹。"妈妈加大了嗓门。

小哥成绩很好，尤其是数学，回家要是晚了，只要说是帮老师批作业，准没事。

爱莲不敢再顶嘴，绕过门前躺在地上给伢猪喂奶的老母猪，溜进房间从席子底下的稻草里摸出一个自缝的小布袋，带上小板凳，赶鹅出门。

鹅圈在屋东侧的竹园里。这种竹子称红壳竹比较粗壮，竹与竹之间的间距比较大，人可以在里面自由活动，笋的味道也特别鲜美。在竹园里选几根粗壮点的竹子做柱子，再在地上插上一些竹桩，拦腰再绑上几条横挡，就成了实用美观的竹栅栏。

打开栅栏门，大白鹅就哧溜地闪了出来，先扑扇几下翅膀，然后排成一字长队，摇摇摆摆地朝出门不远的一片桑树地奔去。爱莲紧跑几步才跟上了鹅队。

"啊，又空双手，你就不能顺便摘点猪草回来？"爱莲妈在后面喊，爱莲假装没听见。

放鹅其实很省事，出家门不远就是一片桑树地，有十几亩，把鹅赶进桑树地吃草就可以了，不过得有人跟着。有时爱莲会顺便摘一篮猪草，拿一篮猪草到妈妈面前邀功，在小哥前面炫耀，今天的爱莲就只惦记那本书了。

"跟紧点哎，跟掉了当心你的小腿。"这声音传到爱莲的耳朵里感觉已经有点远了，这样的叮嘱爱莲几乎每天都要听上一遍。上次放鹅的时候，爱莲看书看得入迷，没跟上鹅，结果鹅跑出了桑树地，糟蹋了人家的菜园子，回家挨了好一顿骂。不过爱莲妈也只是嘴上说说，真打还是不舍得。

鹅走进了青草的世界。现在是春意正浓的四月初，今天被鹅扫荡一回的小草，明天又疯长出一片新绿。鹅也知道时间的珍贵，头也不抬地喇喇喇起来。爱莲舒了口气，打开布袋，走进了《红楼梦》的世界。

爱莲偷偷带出来的这本书有些破旧，前后都有几页残缺，字竖着排列，是从薛奶奶那里借来的，爱莲读起来很费力。书里描述的大观园，那些小姐丫鬟，对最远只到过县城，而县城也只有一条差不多全是平房的旧街的爱莲来说，怎么想象都只能了解点皮毛，就这点皮毛足以使爱莲着迷。薛奶奶是大户人家的小姐，上八府的，读过私塾，说起话来细声软语的很好听。听说薛奶奶嫁的两个丈夫都死了，不知为何带着和第二任丈夫生的儿子，一起来到双溪村落了户。自从发现薛奶奶藏有好多书，爱莲就常到她家去玩，跑前跑后地献殷勤。薛奶奶很喜欢爱莲，禁不住爱莲的软磨硬泡，将这种封资修的禁书都拿了出来，不过叮嘱爱莲千万要藏好了，只能自己一个人看。爱莲将书放进一个自缝的小布袋，藏在床席子底下最靠墙的里边，拿到没人的地方偷偷看。

小伙伴

童年伙伴，是一个孩子成长过程中，最珍贵的一部分。

爱莲妈总是拿爱莲和银花比，银花比爱莲大一岁，下半年出生，和上半年出生的爱莲同时上的一年级。银花是家里的老二，银花妈八年里一口气生了五个女儿，觉得抬不起头来，第六个总算给银花生了个弟弟，弟弟一出生，家里的天平就完全倾斜，银花就辍了学。比银花才大一岁的姐姐金花，长得比银花还矮小，学堂门都没进，已经像大人一样什么活儿都干了。金花是逆来顺受的好脾气，什么苦都能吃，撑起了家里的半边天。看着金花瘦弱的小模样，背后常有人指责她爹妈狠心。银花家就在爱莲家屋后，也是靠近水沟，爱莲上学要经过银花家门口，以前银花总是在家门口等爱莲来了一起去学校，两个人要好得就差穿一条裤子，现如今看见爱莲背着书包走过门前，银花的眼神里装满了羡慕。银花爸很少说话，鼻子里老是发出吭吭的声音，让人听了有点喘不过气来。爱莲从后门抄近路去银花家只要走一小段田埂，一边是生产队里的水稻田，一边是银花家的自留地，开始的时候是条宽宽的土路，能拉双轮车，几年下来被银花爸挖得越来越窄，路渐渐被废弃长满了野草，成了真正的田埂，也差不多成了爱莲和银花练平衡能力的专用道。

"爱莲，爱莲……"桑树地是一块河滩沙地，常态是旱地，也有被洪水淹没的时候，一边是苕溪河，一边是一条防洪的堤坝，俗称堵埂，堵埂两侧密密麻麻都是一人多高的芦苇，在堵埂上走，总有点阴森森的感觉。银花在堵埂上喊着，只闻其声，不见其人。

"哎，银花，我在这里。"这个时间要找爱莲，银花会直奔这里。

银花用一条宽布带将小弟弟绑在背上，呼哧呼哧地跑到爱莲跟前。

见银花来了，爱莲合上书藏进布袋，薛奶奶讲过只能她一个人看，她得遵守

自己的承诺。爱莲帮银花把弟弟从背上卸下来，逗弄了一下小家伙，小家伙笑得咯吱咯吱的。

"真羡慕你有书读。"这是银花挂在嘴边上的话。

"我教你认字和做算术吧。"她们俩已经达成了某种默契。

两人在附近找一块没有草的沙地，掰一根桑树枝条做笔，在地上写字，做算术题。爱莲把从学校学的教给银花，银花很聪明学得很用心，自从银花辍学后，爱莲就做起了小老师。别看银花辍学了，加加减减的难不倒她，乘法口诀也背得很熟，字也认识不少，家里只有一个妹妹在读一年级，其他人都不识字，在她们家还算银花文化最好呢。写写画画之间，太阳很快就滑进山的那一边，爱莲猛地想起鹅已经跑远了，赶紧去追赶她的大白鹅，找到时大白鹅都已经吃成了歪脖子，差点又跑出了桑树地。

大队小学建在离家一公里左右的山坳里，爱莲上学就沿着山沟旁的便道一直走。爱莲一年级是在一个破旧的土地庙堂里上的，那时一二年级在一起上课，是复式班。老师轮流给两个年级的孩子上课，爱莲自幼聪慧，旁听二年级的课程也是一学就会，老师提问二年级同学，回答不上时，常常会让爱莲回答，爱莲往往会对答如流，老师借机把二年级的同学好好教育一番。老师曾建议让爱莲跳级，爱莲妈没答应，爱莲原本就早一年上学，再跳一级怕伤了脑子。二年级时爱莲搬进了新校舍，虽然课桌凳还是旧的，同学们已经觉得像进了天堂。新校舍是砖瓦平房，有亮堂堂的大玻璃窗，共六个教室，受地形限制，老师的办公室建在了教室的后面。建校舍的时候，村里每个劳动力出了十个义务工，成分不好的每人要多出五个，硬是手挖肩扛推平了一个小山坡，建起了学校和操场。

上三年级时，转来一个新同学李美珍，她不是双溪村的，三年级转到双溪成了爱莲的同桌。李美珍的爸爸在县供销社工作，家里条件比一般农村家庭要好一些。李美珍人长得好看，打扮也比较洋气，就是爱做出一副高人一等的样子，嘴也不饶人，同学们都不太愿意搭理她。她学习成绩一般，尤其是算术，考试的时候就指望爱莲别把考卷捂得太严实，所以会经常带些零食给爱莲，和爱莲相处得还算融洽。李美珍上学要路过爱莲家门口，爱莲就在家里等李美珍，然后一起去学校。现在春意正浓，一眼望去，杜鹃花漫山遍野铺天盖地，地里的油菜花和草籽花延绵不绝，摆成各种几何造型，这个时候，两个丫头上学就喜欢走山坡上的小道，选采最艳丽的那些杜鹃花，像两只在花丛中扑闪扑闪的蝴蝶。

密　谋

　　两个人心里都在打着小鼓，但去的决心还是异常坚定。两人击了下掌，又拉了下钩钩，散了。

　　爱莲压根没把自己当作女孩，爬树掏鸟窝，掏洞抓黄鳝，上山摘野果，调皮捣蛋捉迷藏，哪样都要和男孩比，也没有花布的衣服，都是厚厚的格子棉布，爱莲想要一件花布衣服，和妈妈磨蹭了好几年都未能如愿。爱莲妈说爱莲是个野小子，薄薄的花布衫穿在她身上，没几天就会有窟窿。只有当爱莲和女孩子一起踢毽子，跳牛皮筋或者捧本书看的时候，看上去才有点女孩样。

　　爱莲身上最具女孩特征的是有两条又长又粗的大辫子。每天早上起来，爱莲的姐姐都会给爱莲梳辫子，姐姐的手很巧，辫子梳得常翻花样，而且一整天都不会凌乱，加上爱莲一双水灵灵的大眼睛，怎么晒都不会黑的桃红肌肤，走路像一阵风飘过，见人总是甜甜地叫着，着实有点人见人爱样儿。

　　银花长得很结实，好像她们家的好东西都让银花吃了，家里嘴多劳动力少，一直是生产队里的倒挂户。口粮年年从队里借，难得能吃上肉，菜里的油很少，断油也是常有的事，鸡蛋更是舍不得吃，要拿到供销社换点盐啊，火柴啊，肥皂啊什么的。好在鱼啊，泥鳅啊，田螺啊不难弄到，才能给一群孩子补充点蛋白质，银花长得比她姐姐还高半个头。银花爸在男人堆里基本上说不上话，家里的力气活儿，差不多全是银花的了。

　　第二天的同一时间，银花又到桑树地里来找爱莲。

　　"晚上煤矿礼堂放电影《小兵张嘎》，我们一起去看。"

　　人还没到跟前呢，声音已经到了，听口气没给爱莲留半点余地。

　　也是在煤矿礼堂，《小兵张嘎》春节里已经放过了，爱莲是和小哥一起看的，那几天银花去山里姥姥家了，没看到，回来嘀咕了好一阵子。

"好啊。"两个人密谋起来。

爱莲家往西约三公里有一个煤矿，是省级单位，曾经辉煌过好长一段时间，近期虽说没什么煤可挖了，但还有好几千工人呢。那时候农村里难得能看得上一场露天电影，煤矿大礼堂有一千多个座位，又是省级单位，各方面条件都优越得多。以前看电影都是要买票的，五分钱一张票，去年冬天的一场大规模持械斗殴，终于使得看电影变成免费。斗殴那次银花和爱莲都在，好在两人是小孩，是没票溜进去的，站在台前看，一看打起来了爬上了舞台，还是被台下血淋淋的场面吓着了，一连做了好几个月的噩梦。两家大人从此严令禁止两个丫头偷着去看电影。正月里那次是在下午和小哥一起去看的。

那次械斗场面爱莲一想起来都会打冷战。煤矿的工人都来自各地，一些年轻人瞧不起当地的农民，还常常三五成群地到村里惹是生非，偷只鸡摸只鸭，和村民积怨很深。那时看场电影好似过节，煤矿放电影附近村民都想看，买票又舍不得，检票处常常冲突不断。听说那一次是附近几十个村民，携带准备好的铁棍，直接冲进电影场和正在看电影的煤矿工人冲突起来，礼堂里乱成一锅粥，充斥着歇斯底里的哭喊声、尖叫声，前面的十几排椅子都翻了，好多人压在椅子下面被踩踏，结果死了三个人，两个是矿上的，一个是村民，伤了二十几个，有两个伤势严重。

事情怎么处理的爱莲不知道，只知道从此礼堂看电影不要票。

自从出事后，一方面是被吓着了，一方面家里管得严了，好长日子两个人都没有再去过，正月里爱莲看完《小兵张嘎》，反复和银花说电影怎么好看，小张嘎如何神勇，差不多把电影情节都回放了一遍，听得银花眼神发直，知道晚上煤矿再放，二话不说要爱莲和她一起去看，别说看第二遍，就是再看五遍，爱莲也乐意奉陪的。

晚上去看电影，一定不能让家里人察觉，如何将妈妈放在床板架子上的手电筒带上，又不被察觉是爱莲要做的事。如何将弟弟托付给姐姐又不被察觉是银花要费脑筋的事，姐姐累了一天，银花有点不忍心。银花回家可能还会挨揍，别看她爸不声不响在男人堆里不说话，打起女儿来下手狠得很，有一次银花被打急了，发了狠话，喊再打她她要摔死弟弟，他爸才有所顾忌。爱莲不至于挨打，挨上几天唠叨那肯定是免不了的。

两个人心里都在打着小鼓，但去的决心还是异常坚定。两人击了下掌，又拉了下钩钩，散了。

看电影

还记得小时候看露天电影的情形吗？那个年代，能在礼堂里看一场电影，印象是非常深刻的。何况还有密谋加历险。

爱莲借口自己饿坏了，早点把鹅赶回家圈进了栅栏，急急忙忙填饱了肚子，乘大家不注意找个小布袋带上手电夹在腋窝下，溜出家门在后山的路口等银花，没过多久银花也溜出来了，两人一刻也没停留，沿着山崖边的一条小道，翻过山崖消失在黄昏的田头。她俩走的是最近的一条小路，平时走的人很少，算不上路的田埂长满杂草，两个丫头像两头灵巧的羚羊，熟门熟路自如地穿行着，等她们俩到达礼堂，走廊里早就挤满了人，她俩还是灵巧地从人缝中钻到了台前，只有这个地方她们才能看得到，才有安全感。尽管这个地方看银幕，人物都是变了形的。

到处都是拥挤的脑袋，宽大的礼堂关不住近两千人的喧闹声，爱莲想找找哥哥姐姐，看看他们有没有来，可是人太多了实在看不清。到了台前，两个丫头想起那次斗殴的场面，忍不住紧紧抓住对方的手。

随着光柱射向荧幕，整个礼堂一下子就安静下来了，紧紧抓住对方的手也松了些。从台前往后看，每个人的脸上写满了生动的期待。没有地方站的小孩机灵点的会挤进两个座位中间站着，坐着的会主动帮没位子的抱抱孩子或者让座，昔日械斗的痕迹已经荡然无存。随着胶带转动的声音，大家很快都进入了角色，只听得人们一会儿喝彩，一会儿惋惜，偶尔还有犀利的口哨声划过。两只抓住对方的小手也早放开了，跟着人们一起手舞足蹈起来。

直到屏幕变白，两丫头才缓过神来，跟着人潮退出礼堂。此时各自肚里打着小鼓，居然沉默起来，想着刚才看电影的地方是死过人的，心里还是往外冒寒气。爱莲拿出手电，调好亮度走在前面，银花紧跟其后。从双溪村到煤矿走近路要翻

过一段陡峭的山崖，而绕道走又太远，她们两家是村里和煤矿离得最近的人家，像她们这般大的孩子，也只有这对野丫头才有胆量夜里赶到煤矿看电影，所以回家的时候很难有其他人做伴。这条小路人烟稀少，因为害怕，她俩差不多是一路小跑着往回赶，还边跑边唱给自己壮胆。

最惊险的是要翻过那段陡峭的山崖，一条羊肠栈道傍着苕溪河，顺着山体从平地攀升，穿过山顶一块悬挑出来的巨石下方再回落，那一段路抬头是峭壁，低头是悬崖，悬崖下面是川流不息的苕溪河，河面有五六十米宽，河里每年都有人淹死。白天走那条道，胆小的都要贴着山体慢慢摸过去，不敢往下看，路上的小石子，也容易使人滑倒，晚上更是很少有人走。这条道的险恶没能挡住她们对电影的渴望。好在这对野丫头个头小，灵巧，重心低，熟悉地形又胆大心细，真到了最险峻的那一段，她们也一点不敢大意，常常调整好呼吸，尽量贴着山体走，猫着腰尽量降低重心，易打滑的地方就手脚并用。

晚间走夜路回家，除了穿过那条险峻的栈道，还要面对的一个考验是要穿过一片坟地。穿过栈道最险的那段后，接下来的山坡是坟场，现在正是清明季节，满山坡是白色的飘纸，更让人寒瑟瑟的。终于到了家门口，两只小手早已冰凉，被吓得。接下来要面对什么，她们心里没底，两人再次击了下手掌，硬着头皮各自回家。

出乎意料，银花回家没挨打，她回到家时爸爸和妈妈都睡下了，她灯也没敢拉，脸也没洗，悄悄摸到床上，凤花还坐在床上等她，凤花要问话，银花把手放在嘴边嘘了一下，躺下睡了。结果做了一夜的梦。

爱莲回到家，看见东厢房的灯还亮着，妈妈在纳鞋底等她，妹妹睡在摇篮里，妈妈把一只脚架在摇篮下面一个弧形的脚上，有节奏地摇着。妈妈压低了声音斥责了声："你这个野丫头！"再没发话，声音是从牙缝里蹦出来了，似乎用了好大的劲儿。爱莲没敢说话，打盆水洗把脸钻进房间睡下。

童年阴影

　　一个人的童年阴影需要漫长的岁月去消化。

　　第二天李美珍来找爱莲一起去上学，在路上爱莲兴奋地讲着昨晚冒险去看电影的事，听的李美珍羡慕得要死。李美珍一到学校就成了高音喇叭，还没到中午，几乎全校的人都知道了爱莲的冒险经历，围着爱莲要她讲《小兵张嘎》的故事。爱莲成了英雄一般。

　　爱莲也有胆小的地方，一是怕打雷，二是怕水，不敢轻易和小伙伴在河里戏水。七岁那年有两件事在爱莲心里留下了阴影。这一次的成功冒险，对排解爱莲的心理阴影有明显效果。

　　七岁那年夏天的一场雷击，让爱莲恐惧打雷，以至于后来好长一段时间一听到雷声，就爬到床上不肯下来，上学也不肯去。虽然事隔两年多，恐惧感减轻了好多，心里的阴影还是挥之不去。

　　那年一个夏天的午后，忙于"双抢"的社员，都在爱莲家门前的水田里插秧。一阵狂风，天一下子变得漆黑，眼见要大雨倾盆，大家一起从田头跑到爱莲家避雨，中间的堂屋里一下子挤满了人。见来了这么多人，喜欢凑热闹的爱莲也到了堂屋。此时，见一个老汉，穿着蓑衣，赤着脚，肩扛铁耙急匆匆朝爱莲家赶过来。爱莲站在大门口朝他招手，叫他快点。爱莲家门前二十米左右的地方，有一株空了心的柿子树，平常是孩子们攀爬捉迷藏的好地方，当老汉刚到柿子树下时，一道闪电夹着震耳的炸雷，一屋子的人都被掀翻在地，柿子树被劈成两半，一半被烧成了黑炭，那位老伯脸色漆黑地倒在地上，眼睛还睁得老大。爱莲也被气浪掀翻在地，耳鸣，脑子里一片混乱。等大家从地上爬起缓过神来，一起奔向雨中的柿子树，什么都明白了。当时爱莲的爸爸不在家，众人分头去找爱莲爸和老汉的家人。

这老伯爱莲不知道他姓什么，大人们都叫他阿狗，是生产队里负责给稻田灌溉的，常到爱莲家喝碗茶歇歇脚。阿狗人很和蔼，整天笑眯眯的，育有一儿两女，没听说有什么是非和鸡鸣狗盗之事，怎么就会遭雷劈了呢？在爱莲的意识里，只有做坏事的人才会遭雷劈的。

按照当地的民俗，遭雷劈的人要暴尸，入土不可以盖棺，后人不可以祭奠、扫墓等等，从此成为孤魂野鬼，否则会祸及乡邻。遭此厄运还要被世人唾弃，阿狗的亲人如何承受这般打击？老伯是这样的好人，老天不公啊！爱莲小小的心灵也为老伯不平。阿狗就葬在爱莲家的后山坡上，送殡的没几个人，爱莲爸爸是个无神论者，反对迷信，亲自为阿狗抬棺，虽然途中没有盖棺，但入土时爱莲爸坚持给阿狗盖了棺，特地嘱咐儿女不可忘了祭奠老爸。

那一年冬天，爱莲已经在读小学一年级，爱莲的小哥读小学五年级，到了男孩特顽皮的年龄。爱莲像个跟屁虫总喜欢跟在小哥后面，而小哥总要想尽办法甩开她。为了出行方便，在绕过东厢房的水渠上，人们用三十厘米左右的木板搭了个便桥。那是个冬天的早晨，爱莲眼看小哥要走，赶紧背书包跟上，那时她小哥已经过了小桥，威胁爱莲别跟着他，还示意要把木板翻过来，爱莲才不相信他真翻呢，就一脚踏上木板，她小哥来不及停下，木板一摇爱莲跌进水里。

随着小哥的嘶喊声，爱莲爸冲出屋，跳进水里……急流将爱莲冲出近百米才被救起，那时她差不多已经没有了生命体征。幸得爱莲爸爸极有救人经验，才从奈河桥头将爱莲抢了回来。冬天的屋檐上都挂着冰溜溜，爱莲爸是穿着棉袄棉鞋跳进水的，结果大病一场。爱莲妈妈常说爱莲的小命是捡回来的，那天早上要是爱莲他爸不在家，爱莲的小命就没了。经此一吓，爱莲看见深水就哆嗦，夏日里小伙伴差不多整天都泡在清澈清凉的水里，任小伙伴怎么挑逗，爱莲都不肯到河里戏水。所以看电影走那条栈道，她还是要紧贴山体边，不敢往下看。

同学们的羡慕，给了爱莲极大的鼓舞，爱莲差点憋不住想把《红楼梦》里的故事也拿出来与小伙伴们分享，信守诺言，守口如瓶，这让爱莲有点憋得难受。

懵懂的岁月

充满幻想的年纪，一阵清新的风吹来，阴忧的日子就过去了。

金花长得一半像爸爸，一半像妈妈，像爸爸常常沉默是金，像妈妈娇巧柔美，作为家里的老大，很早就帮爸妈挑起了家里的重担，下地干活儿割草喂猪，什么都干，以至于发育不良比银花矮了一截。她是太懂事了，没尝过童年的滋味，是村里家长们教育孩子的典范。爸妈要是责罚妹妹，总是被她柔弱的身子拦着。

银花和姐姐恰恰相反，生性叛逆，打死她也不会求饶，从外形到脾性，她没一个地方像她爸爸。长得像妈妈，皮肤白皙丹凤眼美人胚子，和妈妈不同的是，个子高挑亭亭玉立的。银花想干的事，九头牛都拉不回。银花坦言对爸爸没好感，说爸爸又自私又阴得很，常在背后诅咒人，遇事就知道躲在后面，只会在女儿面前耍耍威风，只可怜了苦命的姐姐，从不反抗，逆来顺受的。

日子就这样简单而重复地过着。

随着那本《红楼梦》一页页往后翻，爱莲常常一个人望着某处发呆，她幻想自己成了完全陌生的那个世界里的某个角色，做了各种假设，又一一被自己推翻。课本上学的，生活里看到的，电影里看到的都和《红楼梦》里的完全不一样，爱莲又困惑，又好奇，很想有个人可以交流，尤其是同龄人，但除了薛奶奶，再无他人。妈妈见爱莲常一个人发呆，很担心爱莲是受了什么刺激，说是读书读傻了。

暑假快要来临时，一件事让爱莲深感生命无常。

坐在爱莲后面，经常拽爱莲辫子的男同学猛子，在放假前三天，偷着到河里洗澡，溺水死了。找到他时他身体已经发胀飘起来。这男孩子特调皮，二年级时和爱莲同桌过，那时，课桌被他从中间划了深深的一道印，两个人谁也不准越过三八线。猛子是家里唯一的男丁，平时有点被娇宠惯了，对读书不感兴趣，经常逃课。三年级时，换成了男同学和男同学同桌，女同学和女同学同桌，爱莲的同桌换成了李美珍。猛子坐在爱莲的后面，上课时小动作不断。如今爱莲直感到后背有一股凉风，不自觉地想哭，好在两天后就放假了。

身边很熟悉的人，说没就没了，爱说爱笑的爱莲，沉默和发呆的时间也越来越长了，妈妈对爱莲的担忧也越来越多。

充满幻想的年纪，一阵清新的风吹来，阴忧的日子就过去了。

放暑假刚过去一个礼拜，银花来约爱莲一起去薛奶奶家。银花这天没背着弟弟，穿着一条干净整洁的小红碎花的花布短袖衫，俏脸蛋红扑扑的煞是好看，那副腼腆样也让爱莲有些纳闷。已经有些日子没去看薛奶奶了，爱莲正好也想去。于是两人手牵手去薛奶奶家，老远就听见从薛奶奶的屋子里传来清脆的笛声，爱莲惊奇地发现有个翩翩少年站在窗口吹笛子。两人不好意思地站在晒场上发愣，薛奶奶发现她俩就来招呼她们。薛奶奶拿了两张小竹椅让她俩坐，随后招呼少年过来，介绍说这是她孙子，叫周海涛，小名叫海子，在绍兴读初二。爱莲瞥了一眼银花，银花的脸唰地一下子红到了耳根，爱莲做了个鬼脸全明白了。

拍照片

十岁的女孩，会有怎样的心思？懵懂岁月的情愫，只有风知道。

薛奶奶对她的过去只字不提，突然冒出个这么大的孙子，爱莲很是好奇。海子身材高挑挺拔，眉清目秀很好看。大热天还在汗衫外穿了件白绸子的短袖，深蓝色的西装短裤，很像电影里追求新思想的富家少爷，和农村男孩夏日里赤膊加短裤的形象形成了鲜明的对比，说话语气缓缓的像个大哥哥，温和而亲切。银花老是红着脸低着头拨弄自己的大辫子，反倒是爱莲敢迎着他的目光，问了好多稀奇的城里事。比如绍兴有没有像《红楼梦》里描写的大观园，一时间爱莲眼里的世界放大了好多倍，一双大眼睛扑闪着对外面世界的好奇。终于有个人可以和自己讨论那些小姐丫鬟了，终于从一个活生生的人嘴里知道那些亭台楼阁是真实存在的，爱莲兴奋异常，问了一大堆问题，海子像个大哥哥更像个老师，不厌其烦地回答着。海子似乎像个饱学的长者，面对求知若渴的学生，薛奶奶则坐在一边笑眯眯地看着三个人。

因为海子的出现，爱莲对薛奶奶的好奇心放大了好多倍。在爱莲的软泡硬磨下，终于从薛奶奶的嘴里，知道了一些事。

周家是绍兴的富商大户，和鲁迅是同宗，薛奶奶也是绍兴大户人家的小姐，十八岁嫁给海子爷爷后生下一个儿子，就是海子爸爸。海子的爷爷学识渊博，那些年受新思想影响，虽不是革命党人，但同情追随革命。那天晚上，海子的爷爷召集几个追随革命的年轻人，商量一起去广州投奔革命，结果被人告了密，逃跑时中了枪。薛奶奶那年才二十四岁，海子的爸爸刚满三岁。薛奶奶寡居两年后，被一个国民党营长看上，随后改嫁，海子的爸爸留在了周家。

薛奶奶改嫁后不愿过颠簸的生活，继续留在了绍兴。其后又生下一子。营长后来升了职，娶了姨太太，很少回薛奶奶处。国民党败走台湾前，曾托人带话给薛奶奶，要接薛奶奶母子一起去台湾，结果再无音讯。中华人民共和国成立前薛奶奶收拾一点细软衣物和书籍，带着年幼的儿子，来到偏远的双溪村，隐姓埋名落了户。闭塞厚道的双溪村，见是一对孤儿寡母，就宽容地接纳了他们。

薛奶奶这年六十岁，海子是特地赶来陪薛奶奶过生日的。六十岁生日一般都会很隆重，按乡俗要做大寿。薛奶奶的小儿子，三十多了还没有结婚，前些年挑精拣肥地耽误了，同龄人都几个孩子了，他还单着。薛奶奶在本地又没有其他亲戚，就想着家里人一起吃顿饭算做过寿了。

海子说要跟奶奶去县城里的照相馆拍张照片，想奶奶了可以看看照片，他长这么大，还没有跟奶奶一起照过相。

薛奶奶觉得这是个好主意，这么多年，海子还是第一次来看她。有了照片，就可以常拿出来看看。

爱莲和银花都没有拍过照片，听说薛奶奶要和海子去县城照相馆拍照，就央求薛奶奶带她们一起去，去看看照片是咋拍出来的。去年，爱莲看到样板戏里李铁梅的画报，有人说是拍的照片，求妈妈让她也去拍张照片，妈妈说拍照片很贵的，别吃了五谷想六谷，家里根本没那个闲钱，还说拍照是摄魂的，把魂拍掉了咋办。爱莲就再也没敢提过。

四个人走了两个多小时，找到了照相馆。看到照相馆橱窗里的大照片，爱莲和银花的心怦怦乱跳，眼睛粘在那里动弹不了。薛奶奶和拍照师傅说明来意后，来招呼两个丫头一起进摄影棚。说是摄影棚，就是一间黑黑的屋子，开灯后看见有一个像电影幕布一样的背景，是天安门城楼。摄影师在背景布前面放了两张凳子，示意薛奶奶和海子坐上去。摄影师把头伸进一个黑布框里面，手里捏着一个啥东西，喊着一二三，只听得咔嚓一声，就说拍好了。

"奶奶，让我跟两个小妹妹一起照张相吧，听说她俩都没有拍过照片，大老远地跑来，脚都磨破了。"海子央求着薛奶奶。

"海子长大了，会为别人考虑了，真懂事。好吧，你们三个人照一张，以后长大了可以看看自己小时候的样子。"

听薛奶奶这么一说，爱莲和银花的小心脏都快跳出来了。今天，两个小丫头都穿上了她们最好看的衬衣，辫子梳得光溜溜的，渴望能拍张照，但不好意思开口，听薛奶奶这么说，激动得小脸绯红。

　　海子个高坐在凳子上，爱莲站在海子左边，银花站在海子右边。从未拍过照，两个小丫头都很紧张，小脸涨得红扑扑的。海子叫两个人别紧张，把肩膀放松，做一下深呼吸，面带微笑，还示范给两个人看。摄影师笑眯眯地看着三个人。

　　四人拍完照，在馄饨店里吃了一碗馄饨后，往回走。两个丫头一会儿叽叽喳喳，一会儿面带潮红低头不语。海子挽着奶奶一直不急不缓地走着。

照片去哪了

> 爱莲发现挂在墙上的照片不见了，她发疯一样地四处找，就是找不到。这张照片，因为残缺了一个女孩，再也无处安放，只能埋葬在爱莲的心里。

到了约定取照片的日子，海子和爱莲、银花又结伴去县城，这次薛奶奶没有去，三个人一路嘻嘻哈哈地走，觉得比第一次去近得多了。拿到照片的那一刻，爱莲和银花眼泪就出来了，海子笑话他俩说，怎么都变成林妹妹了。海子端正地坐在中间，面带微笑，像极了画报上的少爷；爱莲身子稍稍侧向海子，甜笑中一对酒窝似乎在说着俏皮话，一条辫子在胸前，一条辫子甩在脑后，神清气爽；银花笑得有点腼腆，那含羞的模样，让人感觉怀揣着小秘密。

爱莲央求小哥用竹片做了一个小镜框，把照片挂在堂屋墙上，每日都要看上好多遍，也让其他小伙伴羡慕极了。

快乐的日子总是过得特别快，转眼间半个月过去了，海子要回去了。回去的前一天，三个人又在一起待了好长时间，海子给两个小丫头吹笛子，讲故事，三个人一起玩游戏。又聊起《红楼梦》里的人物，海子当然成了宝玉，海子说银花像王熙凤，爱莲像薛宝钗。爱莲谦卑地说："我哪像个小姐，最多像大观园里的一个丫鬟。"海子盯着爱莲的眼睛说："相信我说的，你肯定不是做丫鬟的命。"爱莲冒昧地问海子："这些人物中你最喜欢谁？""最喜欢薛宝钗。"海子脱口而出。"那么林妹妹呢？""林妹妹太多愁善感了。"爱莲的脸一下子红透了。

爱莲问海子在看什么书，海子说前段日子在看《三国》，现在看《史记》。还挽起胳膊显示一下力量说，男人更关心历史。

海子对爱莲说："我奶奶这里有一些好书，你一定要读，读的书多了，天地就宽了，再过几年你就可以读《西厢记》了。"说完冲爱莲神秘地笑了笑。

海子走后，爱莲对那些书产生了更加浓厚的兴趣，读完《红楼梦》，又看了《三国演义》和《三言二拍》，心里装进了一个崭新的世界。

随后的一段日子里，银花和爱莲会常常聊到海子，彼此既不好意思先聊到海子，又希望对方聊起海子的话题，聊海子成了两人最快乐的事。

爱莲一如既往地教银花识字做算术，只有从薛奶奶那里借来的书，是自己独自看，但会把书里的故事与银花分享。

新的一学期开始了，银花和凤花一样开始下地干活儿了，因为是长期倒挂户，这两个童工被额外照顾能下地干活儿挣工分，爱莲和银花一起玩耍学习的时间更少了，唯一没少的是，只要晚上煤矿礼堂放电影，不管多累，她俩一定不会错过。这是银花与她爸爸持久的争锋换来的结果。银花长得结实，手脚麻利，是个劳动好手，很快就和姐姐挣同样的工分了，他爸就默许了她晚上去看电影。爱莲在家是最自由的，读书是学校里的事，去看免费电影自然不会太受限制。

第二年的暑假快到了，爱莲和银花谈论海子更加频繁。她们俩常常会把与海子在一起的细节，不厌其烦地重复一遍又一遍，把海子说过的话学着海子的样子复述一遍又一遍，眼巴巴地盼着暑假，盼着海子能够出现。

放暑假后的第五天，天气热得一丝风都没有，傍晚的时候，西边的火烧云烧红了半边天，银花领着弟弟赶着鸭子去石坝下的水潭，鸭子怕热，不在水里多泡泡，会闷坏的，更别说下蛋。银花一个不留神，弟弟跑进水潭戏水，银花发现时，只看到弟弟的一个小手还在水面上扑腾。银花一边大喊救命一边扑进水里抓住弟弟，用力将弟弟推上了浅水滩，自己却越陷越深……等附近干活儿的人听到喊声赶来救起银花时，银花已经没有了呼吸。那个地方表面平静，其实是被水坝上冲下来的水，冲成了大铁锅一样的深水潭，脚底是沙子，踩上去就会往深处滑。

突如其来的打击，让爱莲像受惊的兔子，常会蜷缩着发抖。银花是爱莲最好的玩伴儿，几乎天天黏在一起，爱莲一想起和银花在一起的快乐时光，就忍不住想哭。常常久久地呆看挂在墙上的照片。

爱莲再也没有见过海子，后来听薛奶奶说海子高中毕业后做了下放知青，恢复高考后，考上了大学，又留学去了美国。

很多年以后，想起那张丢失的照片，爱莲的心还会隐隐作痛。

第五辑　名家评论

　　优秀的小小说作品，无不充满深刻的思想与智慧。囿于字数的限制，小小说写作在主题的提炼与开掘、表现形式的审美传导以及在结尾时的艺术击打力，都要求很高。作为后起之秀，桃子的写作有了良好的开端。

桃子小小说印象

文／杨晓敏

小小说属民间读写，从者甚众，报刊上天天都有刊载。作者贴着地面写，读的人津津有味。我读桃子的小小说并不是不多，但这三篇作品依然令人眼睛一亮。

《干娘》是发生在特殊年代的人情故事，融亲情、爱情、人性之美于一体，给人带来感动的同时，也让人发出一声深深的喟叹。翠婶年迈，生活无忧，却千方百计找门路托关系，要进宝森去当一名保洁员，所为何事？作品采用倒叙手法，开篇即设置一悬念，紧紧抓住读者的阅读视线。在接下来的叙述中，作者在现实与回忆之间穿梭闪回。对爱情的坚贞与忍耐，对亲情的割舍与成全，对儿子新生欲罢不能地关注与呵护，作者以细腻而温婉的文笔，抽丝剥茧一般，将一段凄美又不失温暖的情感往事，渐次铺展在读者面前。翠婶和蔗农这对有情有义的人物形象，也渐趋饱满。结尾处亲生母子虽未能得以相认，但儿子的一声"干娘"，母亲的一声"哎……"给作品带来温馨希望的同时，也带给人一种淡淡的悲凉。亲生骨肉，近在咫尺，却不得相认？孰之过？也许，作品更深层的批判意义就在这里。

《唐先生》在千余字的篇幅里，诠释了唐先生风云跌宕的一生：少年时顽劣荒唐，频频气走教书先生，青年时破落颓败家散人亡，直到后来抗日战争爆发，唐家少爷凭借出色的琴艺成功刺杀日本一皇亲和细菌武器专家，变成一名抗日勇士。后捐出自家大院为公共学堂，变成真正的唐先生。把一个人漫长的一生，浓缩在一篇千字文中并非易事，要求作者取舍有度，剪裁得体。作者巧妙选择主人公生命中的典型事件，删繁就简，去芜存精，可谓游刃有余。该篇叙述工稳，娓娓道来，颇显文学功底。对唐先生多方位、多侧面和立体式的描写，让这位主人公越发显得骨肉饱满，真实可信。

　　把日常生活写得风趣幽默而饶有趣味，是一件不容易的事，《杜老汉的新工作》却做得不错。从生活中极为寻常细小处入手，按图索骥，曲径通幽。时下饲养宠物的人越来越多，宠物主人的个人素养却参差不齐。杜老汉带孙女去公园游玩，不小心踩了狗屎，此后便迷上一项新工作——带上特制的工具，去公共场所捡狗屎。如果作品仅停留在这一层面，杜老汉的行为充其量也就属好人好事，那就失去了小说应有的文学意味，所以作者的思考并未停滞于此。杜老汉日日躬行，负责为那些遛狗的人提供工具，并监督他们亲自去打扫。仅这一举措，把简单的说教变成了"示范与督促"，这就让作品有了质的升华。

　　优秀的小小说作品，无不充满深刻的思想与智慧，从某种意义上来说，也是非"聪明人"不能为之的写作。囿于字数的限制，小小说写作在主题的提炼与开掘、表现形式的审美传导以及在结尾时的艺术击打力，都要求很高。作为后起之秀，桃子的写作有了良好的开端。

每一朵鲜花都是不一样的

文 / 杨静龙

许多年之前，我写过小小说，发表在当年《百花园》等杂志上，《小小说选刊》《微型小说选刊》也选过，对小小说这一文体有一些体会，直到后来去北京鲁迅文学院进修，偶尔手痒，还写。室友之一的陆健说，你就别再弄那些个小玩意了，以后我就很少写了，倒不完全是陆的一句玩笑话，是我觉得小小说这一文体确实承载不起太多的东西，总让人意犹未尽，好像喝了酒又喝不痛快那样。

是湖州女作家谢桃花再次挑起我对小小说的关注和兴趣。谢桃花原是写散文的，因为没怎么看过她的散文，不好妄评，但据说写得挺不错的。后来她就写小小说了，我读过几篇，刚刚开始关注她会怎么写下去，突然她转身去写"闪小说"了，写得水深火热的，最近还当选了浙江省闪小说学会的秘书长，在业内得到了认可，也有了话语权。最近谢桃花策划和组织了一次全国闪小说大赛，在龙游县举行了隆重的启动仪式，我受邀前往，碰到了许多中国闪小说界的领军人物，深入交谈和阅读之后，感觉到闪小说应该脱胎于小小说，但目前为止自身文体特征还不十分明显，两者血脉相承，还不能截然分开，所谓闪小说，其实就是更为精短的小小说。闪小说作家与小小说作家，也是很难截然分开来的。由此而言，谢桃花目前应该算是一个致力于小小说创作的作家，并写出了许多不错的小小说。

《三婶》《一张全家福》《敲门》是谢桃花的三个小小说新作，很好读，也很典型。

三篇小说有一个共同的主题：温暖。人性的温暖，社会的温暖。三婶有"爆炒豆子"的嗓音，一张"刀子嘴"，喜欢和人争吵，得罪了所有亲朋好友，但一场奇怪的病之后，一切都变化了，"三婶渐渐好了起来，好起来的三婶像变了一个人。一开口说脏话就急忙呸呸呸。三婶变漂亮了，嘴角眉梢慢慢往上翘了"。于是，邻居们对三婶的态度也改变了，变得友善了，连三叔也变得年轻了。《一张全家福》讲述的则是一个名叫小雨的汶川大地震幸存下来的孤儿，如何想念死去的家人，在领养父母的悉心关爱下，这份深藏不露的感情最终以画全家福的方式得到释放："小雨生日那天，家里来了一位特殊的客人，一位满头银丝擅长人物画的老画家，是小雨的养父母经过多方打听找到的。老画家听了小雨的故事，免费收小雨为徒。这一晚，小雨抱着枕头，痛痛快快地哭了很久……像，这一家人画得真像。三年之后，汶川大地震纪念馆里，一幅传神的四尺全家福吸引了众多人的目光。"《敲门》以第一人称的视角描述一位强迫症患者对"我"的一次又一次看似十分无理的打扰，但小说结尾笔锋一转，写道："做完这一切，我下楼邀请她上来查看，她看后舒心地笑了。临走时，她告诉我她有强迫症，一激动就控制不住自己，有一点不安心就睡不着，叫我别介意。"乃至半年之后，"我披衣起床去开门，发现她手里捧了一碗汤圆。说我家好端端的隔墙拆了真可惜，她是特地等我回来跟我说声谢谢的……我手捧冒着热气的汤圆，发现她走路的背影年轻了许多"。这里面几个人物的变化，都充满了人性的关怀，温暖成了小说基调。用一句时兴的话来说，就是有温度的写作。

三篇小说均体现了小小说的典型结构方式。起兴，然后不断铺垫、造势，给读者造成一种似是而非的迷惑或者错觉，形成"包袱"，"包袱"越大，读者的期望就越高，然后突起一笔，就是"抖包袱"，干脆利落，犹如惊鸿一瞥。谢桃花对此手法了然于心，运用起来也是得心应手，显得十分娴熟。三篇小说的总体结构无不如此，而《一张全家福》的"包袱"特别漂亮，有宽度，有张力，又不做作，自然而然。比起《三婶》和《敲门》，实在又胜出一筹。

在龙游的闪小说研讨会上，我谈了对小小说和闪小说的感受，总共十六个字两句话：一、门槛很低，经典很难；二、会心一笑，若有所思。第一句是说总体感觉，第二句是说文体要求，其实我还有第三句话没有说，那就是对目前的国内小小说，我有一种普遍性的不满足，那就是有故事性，少小说感。另外，对人物性格的把握还缺少些分寸感，如《三婶》里的三婶，《敲门》里的那个女邻居，作者的态度前面有点过火，后面的转换自然也就跟着过火了，这里还是有一个"度"的问题。聪明的作者，往往是话说半句，说满了，说白了，就寡味了。

　　人不能两次踏进同一条河流，每一朵鲜花都是不同的。这是小说的趣味所在，也是谢桃花在以后的小小说创作中应该引起足够注意的地方。

饱满的细节和饱满的情感

——读桃子闪小说

文／梁闲泉

桃子是写散文的，也写小小说，写闪小说的时间似乎并不长，然而一出手就呈井喷状，所谓的厚积薄发讲得应该就是这种状况。

她重情义，人善良，敏感而执着，又有着深厚的生活积累，这些可以作为她大器晚成的一个理由了吧。

听说她一下子要在某刊发表二十篇闪小说，我除了要为该刊编辑的慧眼和魄力由衷称赞外，也为桃子和闪小说文体感到欣慰。

知道桃子写散文有些年了，但见到其真人，是在2016年春天宁波北仑小小说笔会上。其豪爽其大气一下子就颠覆了我对南国女子的印象，也许和她去东北工作过一段时间有关吧。

桃子谦虚好学是出了名的。这次我在闪小说讲习班里，要求以"世相"为话题作文，她一下子交上了不错的三篇，其饱满的细节和饱满的浓得化不开的情感，已经成了她显著的写作特点了。

历来认为，评价一篇文章有三个维度，思想的、审美的和情感的。前两个和我们一般人的距离有点远。思想？有几个鲁迅？审美？张爱玲，冰心等少数几个人才可以吧。但情感是否饱满则是我们人人都可以做得到的。这也是写作的一条"捷径"吧。这话我也和桃子说过。她很有悟性，这里的悟，我愿意解释为上心，愿琢磨，说举一反三也行。

前边说过，桃子好学，是不是"衣带渐宽终不悔，为伊消得人憔悴"了不知道，但她在短时期里，拿出了不少得到大家认可的作品，却是不争的事实。先是诗情画意的《白开水》，现在又有了蛮"世相"的《一根牛缰绳》和《生病》还有《景点》《邀》等等等等，我这个所谓有点闪小说资历的人，也对她羡慕嫉妒没有恨（高兴还来不及呢）了。

她这些作品共有的特征是，字里行间洋溢着浓得化不开的情感，感动了她自己的同时，也感动了读者的心。

都晓得，写情感必须学会控制。最表面化的要求就是，别使用感叹号，别使用省略号破折号之类，一定得给读者相当的尊重和自由才好。不入流的相声演员才在台上哈哈哈地笑个没完呢，啥时见过侯宝林那样笑呢？连小品演员都不该感叹个没完的，你见过卓别林什么时候哭了，他镇静地笑，让观众哭，这才是艺术辩证法呢。

这点，桃子做到了。还有，闪小说600个字，铺张不得，入题要快，最好第一句话就主人公加动词亮相才好。这点，桃子也做到了。一搭眼就看到你泰然悠然看低读者的"是"（老是说明，唯恐读者不懂）们出场，急呀。

我这是借给桃子文章写评论的由头，说了些之于写好闪小说的意见。能见度越低越好，朦朦胧胧，多义性是个好词。

路漫漫其修远兮，这话可送给所有闪小说人，当然包括桃子同学和我。

加油，不仅是为了闪小说事业，更是为了自己。